SHIMRITI

SHIMRITI

JORGE BUCAY

DEL NUEVO EXTREMO

integral

Shimriti

Autor: Jorge Bucay
Diseño de cubierta: Opalworks
Fotografía de cubierta: Corbis
Compaginación: Marquès, S.L.
Fotografías:
p. 27: The Image Works
p. 67: *Sísifo*, Cal State, California History Collection / Photodisc
p. 125: *The Fall of Adam and Eve*, FPG Intl. / Taxi
p. 204: The Image Works
p. 241: The Image Works

Segunda edición: octubre 2004

Ref.: LR-58
ISBN: 84-7871-118-X
Depósito legal: B. 42.441 - 2004
Impreso por Limpergraf, S.L., Mogoda 27-29 Barberà del Vallès (Barcelona)

A todos los que buscan...
y buscan...
y buscan...

Índice

PRÓLOGO

Durante años dilaté mi proyecto de escribir acerca de ser feliz. Finalmente, en 2002 se terminó de editar la serie *Hojas de ruta,** donde intentaba desarrollar el mapa de algunos de los caminos que considero imprescindibles para la autorrealización, esto es, para hacer posible el vivir feliz. La felicidad, escribí en el último de los *caminos*, no consiste en vivir en un estado de alegría permanente, sino en la sensación de serenidad que se obtiene cuando tenemos la certeza de estar en el camino que hemos elegido.

Al entregar el original de *El camino de la felicidad* volví a sentir algo que no había experimentado en dieciocho años. En 1984, cuando terminaba de darle la última lectura a los textos que luego constituirían mi primer libro publicado, *Cartas para Claudia,*** ya había sentido esa sensación de «ya está»; la idea de que no tenía nada más que escribir.

Esa vivencia —agradable, por cierto— era la de haber puesto en el papel todo lo que yo sabía hasta ese momento, sumada al alivio de ver terminada una tarea que creía imposible —escribir un libro.

---

* La serie *Hojas de ruta* está compuesta por los títulos *El camino de la autodependencia, El camino de las lágrimas, El camino del encuentro* y *El camino de la felicidad*, publicados en España por la editorial Grijalbo.

** RBA Integral, Barcelona 2003.

Ahora, tras las *Hojas de ruta*, tenía, en cambio, la sensación de estar vacío de ideas.

Después de todo, al hablar del último camino, sólo quedaba repetirse.

Ha pasado más de un año desde que entregué mi último libro y he aprendido dos cosas en este casi descanso del deber cumplido. Por un lado, que escribir ya no es una tarea dura; más bien es un placer y una necesidad. De hecho, me siento extraño cuando no me doy el tiempo de ir poniendo en el papel o en el ordenador las cosas que se me ocurren. Por otro lado, que la gente que quiero, mis amigos, mis lectores, mis pocos pacientes, dicen que escriba, piden que escriba, juran que les sirve lo que han leído.

Quizá por estas dos razones, aunque seguramente no sólo por ellas, pensé que, si bien la felicidad —meta última de todos— es en efecto la cima de la montaña, eso no significa que sea el final del camino.

Me tropecé en estos meses con una frase sufí:

> La iluminación es llegar hasta la cima de la montaña y luego seguir subiendo.

Seguir subiendo.

Habría que ser capaz de ver
lo que no todos ven
para seguir
más allá de la cima.
Habría que ser sabio
para iluminarse.
Habría que iluminarse
para poder volverse sabio...

Y, entonces, me di cuenta de que había un camino que no estaba en los mapas trazados hasta hoy, un camino que no aparece en ninguna hoja de ruta, porque no es imprescindible ni obligatorio, es nada más (y nada menos) que una posibilidad.

Y me alegré al saber que hay más, después de haber llegado a la cima.

Un nuevo proyecto llegó a mi cabeza y de allí a la pantalla de mi PC: investigar sobre la sabiduría; descubrir si ese nuevo camino era para todos los que quisieran recorrerlo o sólo para aquellos elegidos: los inteligentes, los estudiosos, los trabajadores del intelecto, los místicos, los filósofos, los superdotados...

Quise y me propuse escribir la historia de un viaje imaginario.

> Un recorrido desde la ignorancia en la que todos empezamos, una y otra vez, hacia la sabiduría a la que nunca llegaremos, aunque estemos cada día más cerca.

El papel protagonista de estos apuntes de viaje en tren es para una mujer que empezó llamándose Marta, luego María (por un momento Marie), y finalmente Shimriti. Así se llama la mujer que camina para volverse más sabia, y en su recorrido nos lleva con ella, como lo hizo alguna vez su maestro.

Su nombre no es casual, surge de la suma de dos palabras sánscritas: *Shruti* y *Smirti*.

Casi todos los antiguos relatos de sabiduría hindú comienzan diciendo *Shruti*..., palabra de origen sánscrito que puede traducirse como «esto escuché» o «esto oímos». En la India, la suma de aquello «escuchado» es la totalidad de las enseñanzas que, según la tradición, fueron transmitidas oralmente por los dioses a los iniciados y, en adelante, de boca en boca hasta nosotros. Se trata, para el hindú, de la sabiduría que, junto con los *Smirti* o escrituras tradicionales, constituye la totalidad de los Vedas. *Smirti*, en sánscrito, quiere decir «esto es lo que recuerdo» o, más precisamente, «esto guardé».

La idea de mezclar estas dos palabras es un intento de establecer que lo que vas a leer a continuación no es nuevo: ha sido dicho, cantado y escuchado por los que saben; ha sido escrito, leído y guardado en los libros sagrados de casi todas las culturas de Oriente y Occidente.

Shimriti indica, así, nuestro único desafío: transitar las palabras de otros para ir en busca de la mayor de las sabidurías, es decir, conocerse a uno mismo.

JORGE BUCAY,
Buenos Aires, 15 de septiembre de 2003

Prólogo a la edición española

El rumbo que ha seguido la filosofía en nuestra cultura no puede hacernos olvidar que ésta nació seis siglos antes de la era cristiana, en la antigua Grecia,* no sólo como un saber sobre los fundamentos de la realidad, sino también como un arte de vida, como un camino para vivir en armonía y lograr el pleno autodesarrollo.

En aquella filosofía original, la división entre teoría y práctica, entre conocimiento y acción, carecía de sentido. Los filósofos de la Antigüedad sabían que una mente clara era la fuente del propio crecimiento, de la liberación interior y, aún más, el motor único de una transformación profunda.

La firme convicción de que sabiduría y calidad de vida son inseparables transformaba a la filosofía en el equivalente de la intervención terapéutica, en el remedio liberador y en la mejor ayuda para las dolencias del alma.

El conocimiento profundo de la realidad y de nosotros mismos era (y debería seguir siendo) el camino por el cual el hombre podía llegar a ser en plenitud persona.

* En ese mismo momento aparecían filosofías y pensadores, como veremos más adelante, en otros lugares: India, China, Tierra Santa.

El sufrimiento del alma y del espíritu se entendía reducido al indeseable resultado de la ignorancia.

El sabio era, pues, un emblema del hombre feliz y un modelo de plenitud, expresión del potencial humano.

A lo largo de este libro, cada vez que hable de sabiduría me estaré refiriendo a esa noción de saber, inseparable de la experiencia cotidiana, más vivencial que racional, más inspiradora que explicativa. Por lo tanto, no hablaré de la manera de obtener más y mejores conocimientos, sino de la forma de intentar volverse cada día más sabio.

La filosofía de hoy parece un reducto exclusivo de los especialistas inteligentes y leídos, al cual casi todos nosotros, los legos, difícilmente hemos tenido acceso (ni al reducto ni a los especialistas). Y sin embargo la sabiduría, en cuanto búsqueda de la verdad, y en cuanto camino hacia ella, ha sido desde siempre un recorrido para todos.

Es obvio que el amor a la verdad no es privilegio de ningún experto ni entendido y que estará siempre al alcance de quienes la anhelan con sinceridad, insistencia y compromiso.

Las verdades «verdaderas» nunca fueron propiedad de ningún pensador y de ninguna ciencia. Como está dicho:

Donde aparece una verdad
nadie puede sentirse su dueño.

En los últimos treinta años, la psicología humanista ha intentado retomar aquella visión de todas las cuestiones de la vida de los hombres, relegadas por la filosofía. Esta disciplina científica, también llamada «la tercera escuela» psicoterapéutica —en la cual intento militar— es la otra alternativa frente a la psicología positivista-conductual y el psico-análisis ortodoxo.

Esta continuidad de aquella filosofía original no ha sucedido por azar. Los terapeutas de esta tercera escuela tenemos mucho en común con sus principios de nacimiento.

En principio, como metodología de trabajo, descartamos las «recetas» y las «técnicas efectivas instantáneas». No sólo sabemos que no funcionan sino que, además, creemos que sólo el conocimiento profundo de uno mismo y del lugar que cada uno ocupa en el mundo, puede ser fuente de verdadera transformación.

Los terapeutas humanistas creemos que una práctica psicoterapéutica que no conduzca a mejorar nuestro nivel de comprensión, de conciencia y de congruencia tiene un alcance muy limitado y es, a la larga, ineficaz. En otras palabras, defendemos que hay una relación íntima entre el conocimiento profundo de la realidad (nuestro saber), el darse cuenta (nuestro sentir y nuestro imaginar) y el desarrollo de las potencialidades (nuestro pensar y actuar en consecuencia).

Nos proponemos pensar en nuestros pacientes, clientes o alumnos (como cada uno los quiera llamar) no en términos de salud y enfermedad, sino considerándolos personas que presentan dificultades, desajustes y conflictos naturales en el camino de cualquier persona hacia su completa autorrealización.

Desde sus orígenes, este modelo ha dirigido su atención a la sabiduría de todos los tiempos, a la filosofía perenne y, en mi caso particular, a la conexión del pensamiento de Oriente y Occidente que encarnan los cuentos milenarios.

Este libro es un modo de compartir mi forma de entender dicha conexión y una invitación a ir en pos de aquella sabiduría que, en nuestra cultura, ha sido en gran medida reservada a los ámbitos más herméticos.

Shimriti está dirigido a quienes siempre han querido estudiar «un poquito» de filosofía sospechando que les sería útil, y se han sentido decepcionados, defraudados o excluidos cuando intentaron acercarse a ese conocimiento.

Este libro no tiene la intención de saciar la sed de nadie, sino el propósito de alentar a todos a seguir buscando el lugar donde saciarla.

De paso, me gustaría que deje claras mi oposición y mi denuncia a cualquier línea de pensamiento, grupo ideológico o movimiento seudo religioso que pretenda monopolizar el conocimiento de lo espiritual o se jacte de ser propietario de los medios que posibilitan el logro de la libertad interior.

La posición establecida en este libro, que es la mía —y, supongo, la de muchos como yo— es la de absoluto desacuerdo con todos los ilustrados diletantes intelectuales que pretenden erigirse en intermediarios excluyentes del acceso a la sabiduría y a la felicidad.

JORGE BUCAY,
Nerja, 8 de junio de 2004

Introducción

En 1998 se cumplieron veinticinco años de aquel 23 de mayo en el que me gradué como médico en la Universidad de Buenos Aires. Todos estos años de trabajo en salud mental y algunos más como paciente me ayudaron a darme cuenta de que hay una profunda conexión entre la filosofía como originalmente fue creada, la psicoterapia como yo la entiendo y la sabiduría perdurable o perenne, como la llama Aldous Huxley.

Las tres, creo, se ocupan en principio del camino hacia la libertad del individuo, del tránsito hacia la vida plena, del descubrimiento de las verdades últimas.

Las tres son, por lo tanto, materia prima del aprendizaje de la vida.

Y, sin embargo, encuentro en los conceptos que nuestra sociedad sostiene para cada una de estas áreas una serie de desvíos, dificultades y contradicciones que se plantean cotidianamente.

Respecto de la psicología, el simple hecho de que existan más de cuatrocientas cincuenta escuelas de psicoterapia diferentes nos habla de la falta de coincidencia en el objetivo de la ciencia de la conducta y de su metodología.

En lo personal, como ya he dicho, desconfío de los métodos ultrarrápidos desarrollados para conseguir resultados, no porque los considere inútiles, sino porque solamente pueden ayudarnos a ser triunfadores o eficaces, pero difícilmente conseguirán ayudarnos a vivir más felices.

Por otra parte, también soy escéptico con aquellas terapias inspiradas en pensamientos mecanicistas que muchas veces pretenden que dediquemos toda la vida a encontrar el porqué de nuestros males y el origen último de nuestras neurosis, prometiendo que así se aliviará nuestro dolor.

> Entiendo la ayuda psicológica como un proceso básicamente identificado con facilitar herramientas a cada persona para vivir mejor, para conocerse más y para ver más allá, con el único objetivo de que ese darse cuenta le ayude a su vez a tenderse menos trampas.

La filosofía, por su parte, parece haber llegado hasta nosotros como un conocimiento esencialmente enciclopedista, hermético y especulativo, que mantiene con su hermana de parto, la sabiduría, apenas un vínculo etimológico («filosofía» viene de *philos* y *sofos*: amor a la sabiduría). Poco queda en esta ciencia de lo que era originariamente: escuela por excelencia del aprender a vivir. En otras palabras, ha terminado siendo una obsesión por el conocimiento ilustrado y culturizado que ocupó el lugar de su melliza sin que casi nadie lo advirtiera.

En cuanto a la sabiduría, casi todos la asociamos de inmediato con el conocimiento abstracto. Escuchamos esa palabra e, inevitablemente, pensamos en unos pocos individuos introvertidos y serios, encerrados en el silencio de polvorientas bibliotecas sombrías mientras la vida fluye, magnífica y divertida, al otro lado de la ventana.

Y, sin embargo, el auténtico lugar de la sabiduría, aunque nuestra civilización quiera ocultarlo, es precisamente el arte de sumar cinco cosas:

- Vivencia a través de la experiencia
- Información y conocimiento
- Transformación personal
- Aceptación incondicional de la realidad
- Liberación interior.

Todo hombre puede encenderse a sí mismo una luz en la noche.

HERÁCLITO

El saber profundo no es el que explica la realidad, sino el que experimenta la comunión con ella; el que evidencia que la vida plena sólo es posible a través de la comprensión de quienes somos.

Porque no hay verdadero saber sin despertar.
Y no hay despertar sin una modificación profunda de la visión interior.
Y no hay visión confiable sin compromiso con la verdad.
Y no hay más verdad que la descubierta dentro de nuestro ser.

En palabras de Gurdjeff:

«Para poder vivir verdaderamente, hay que renacer. /
Para renacer, primero hay que morir. /
Y, para morir, primero hay que despertar».

De hecho, cuando el compromiso con la propia vida no existe, cualquier conocimiento es inútil y se vuelve un mero argumento para justificar algunas miserias y contestar provisoriamente algunas preguntas para las cuales la humanidad todavía no ha encontrado respuesta.

Posiblemente, la sabiduría haya perdido el lugar que ocupaba debido a la falta de compromiso de la mayoría de los hombres. Algunos de los que seguían anhelando conquistarla cayeron, en virtud del error de acumular conocimiento, en el laberinto estéril del razonamiento especulativo o en las garras de alguna dudosa religión, lo cual hizo que la sabiduría adquiriera, injustamente, un aura secretista o esotérica.

Otros buscaron y buscan sus respuestas en la ciencia formal y en su mejor aliada, la tecnología; una yunta convertida hoy en la fuerza dominante del mundo moderno occidental y que —como señala Stanislav Grof, padre de la terapia transpersonal— se entiende como símbolo del progreso y la evolución, lo que deja al pasado como un tiempo de infantilismo e inmadurez.[1]

El campesino y el biólogo

En un tren se encuentran sentados, uno frente a otro, un afamado biólogo, premiado internacionalmente, y un casi analfabeto campesino del lugar. El primero, con un impecable y formal traje gris oscuro; el otro, con unos gastados pero limpios calzones de campo. Rodeado de libros, el científico. Con un pequeño hatillo de ropa, el lugareño.

—¿Va a leer todos esos libros en este viaje? —pregunta el campesino.

1. Este concepto a veces se hace extensivo a cualquier cultura diferente de la nuestra: «Nosotros somos los cultos, los avanzados y los maduros; los demás no saben, no entienden, están atrasados...».

—No, pero jamás viajo sin ellos —contesta el biólogo.

—¿Y cuándo los va a leer?

—Ya los he leído... Y más de una vez.

—¿Y no se acuerda?

—Me acuerdo de éstos y de muchos más...

—Qué barbaridad... ¿Y de qué tratan los libros?

—De animales...

—Qué suerte deben tener sus vecinos, tener un veterinario cerca...

—No soy veterinario, soy biólogo.

—¡Ahhhh...! ¿Y para qué sirve todo lo que sabe si no cura a los animales?

—Para saber más y más... Para saber más que nadie.

—¿Y eso para qué le sirve?

—Mira... Déjame que te lo muestre y, de paso, quizá, haga un poco más productivo este viaje. Supongamos que tú y yo hacemos una apuesta. Supongamos que por cada pregunta que yo te haga sobre animales y tú no sepas contestar, me dieras, digamos, un euro. Y supongamos que por cada pregunta que tú me hagas y sea yo el que no sabe contestar, te diera cien euros... A pesar de lo desigual de la retribución económica, mi saber inclinaría la balanza a mi favor y al final del viaje yo habría ganado un poco de dinero.

El campesino piensa y piensa... Hace cuentas mentalmente ayudándose con los dedos.

Finalmente, dice:

—¿Está seguro?

—Convencido —contesta el biólogo.

El hombre de los calzones mete la mano en su bolsillo y busca una moneda de un euro (el campesino nunca apuesta si no tiene con qué pagar).

—¿Yo primero? —dice el campesino.

—Adelante —contesta, confiado, el biólogo.

—¿Sobre animales?

—Sobre animales...

—A ver... ¿Cuál es el animal que tiene plumas, no pone huevos, al nacer tiene dos cabezas, se alimenta exclusivamente de hojas verdes y muere cuando le cortan la cola?

—¿Cómo? —pregunta el científico.

—Digo que cuál es el nombre del bicho que tiene plumas, no pone huevos, nace con dos cabezas, come hojas verdes y muere si le cortan la cola.

El científico se sorprende y hace un gesto de reflexión. En silencio, enseguida se pone a buscar en su memoria la respuesta correcta. Pasan los minutos. Entonces se atreve a preguntar:

—¿Puedo usar mis libros?

—¡Claro! —contesta el campesino.

El hombre de ciencia empieza a abrir varios volúmenes sobre el asiento, busca en los índices, mira las ilustraciones, saca un papel y toma algunos apuntes. Luego baja del portaequipajes una maleta enorme y saca de ella tres gruesos y pesados libros que también consulta.

Pasan un par de horas y el biólogo sigue revisando páginas y mirando y musitando mientras apunta extraños gráficos en su libreta.

El altavoz anuncia finalmente que el tren está entrando en la estación de destino. El biólogo acelera su búsqueda, transpirando y respirando un poco agitado; pero no tiene éxito. Cuando el tren aminora la marcha, el científico mete la mano en el bolsillo y saca un flamante billete de cien euros y se lo entrega al campesino diciéndole:

—Usted ha ganado... Sírvase.

El campesino se pone de pie y, agarrando el billete, lo mira contento y lo guarda en su bolsillo.

—Muchas gracias —le dice. Y tomando su hatillo, se dispone a partir.

—Espere, espere —lo detiene el biólogo—. ¿Cuál es ese animal?

—Ahh... Yo tampoco lo sé... —dice el campesino. Y, metiendo la mano en el bolsillo, saca la moneda de un euro y se la da al científico diciendo:

—Aquí tiene un euro. Ha sido un placer conocerlo, señor...

* * *

Los insatisfechos que no pudimos adherirnos al aura secretista y tampoco refugiarnos en la seguridad del conocimiento formal, salimos a buscar la verdad en caminos alternativos, ajenos a los de todos, lejos de lo científicamente correcto y más o menos distantes de los rumbos socialmente aceptables.

Nos atamos a nuestra propia experiencia y a una búsqueda más abierta. Nos ganamos, por eso, el mote de extraños o incomprensibles, cuando no el de marginales o peligrosos.

Empezar a sumar

La ciencia materialista de Occidente ha creado medios eficaces para aliviar las formas de sufrimiento más obvias —las enfermedades, la pobreza y el hambre—, pero ha hecho muy poco por alcanzar la realización interior y una verdadera satisfacción emocional. La mayor prosperidad en el sentido de bienestar económico se asocia en los hechos con un aumento espectacular de trastornos psíquicos, alcoholismo, suicidios, crimen y violencia.

En Oriente, por el contrario, el hombre ha desarrollado una maravillosa gama de técnicas espirituales a través de las cuales es posible conocer y experimentar la propia conexión con la emoción y liberarse de cierta confusión y sufrimiento existenciales. Y, si bien es verdad que esto ha proporcionado paz y liberación a algunos escogidos, no ha conseguido solucionar los urgentes problemas prácticos de la vida cotidiana ni mejorar las condiciones sociales de la mayoría de los seres humanos.[2]

Para agravar el panorama, todos solemos descartar con toda naturalidad y premura cualquier investigación que ponga en tela de juicio los paradigmas dominantes. Y esto es porque las teorías vigentes se confunden neciamente con una auténtica y exhaustiva descripción de la realidad.

> Cada científico está, aunque lo niegue, «casado» con la concepción de la realidad que más conviene a su teoría y a su interpretación.

Veamos un ejemplo.

El universo es para cada uno de nosotros, occidentales y contemporáneos, una estructura sólida construida a partir de diferentes combinaciones de átomos elementales, indestructibles por definición. Aunque ignoremos quién ha sido Isaac Newton, todos vivimos en un mundo que se nos antoja según el diseño mecanicista newtoniano, leyes físicas y químicas fijas e invariables, en un espacio tridimensional y un tiempo que fluye de forma regular desde el pasado hacia el futuro a través del presente.

Así considerada, la realidad parece poder describirse como una máquina gigantesca gobernada por cadenas previsibles de causas y efectos.

En esta concepción es lógico deducir que, si conociéra-

---

2. Sólo para aportar algún dato oficial, baste decir que el 75% de la población mundial no llega a pagar con su salario el coste de su comida, su techo y su abrigo.

24

mos todos los factores que operan en el presente, podríamos reconstruir con exactitud cualquier situación del pasado o predecir cualquier suceso futuro.

Esta estupidez no puede ser demostrada, dicen sus defensores, porque «la complejidad del universo impide su verificación práctica». Y sin embargo representa, a pesar de ser sólo una construcción teórica, una de las piedras angulares de toda la ciencia occidental.

Dicho de otra manera: algo científicamente **indemostrable** es el factor que valida en principio todo lo que puede ser «**demostrable**» para la ciencia occidental (?).

Existen incluso varias escuelas psicológicas (la psicocibernética y algunos fundamentalistas del conductismo ortodoxo) que, junto con el aval de ciertas ramas de la medicina (para algunos englobadas en las «neurociencias»), consideran hoy que todos los procesos mentales, incluidas las emociones y las intuiciones, el pensamiento normal y el patológico, no son más que reacciones del organismo ante ciertas combinaciones de estímulos previos, ingresados por los sentidos y acumulados en el cerebro.[3]

Los recuerdos de toda índole, nos explican, tienen un sustrato mecánico específico (las células del sistema nervioso central) y un código fisicoquímico de transmisión (los neurotransmisores). Apoyada en estos conceptos y en hallazgos que los «demuestran», la ciencia mecanicista procura explicar inclusive fenómenos como la inteligencia humana, la creatividad, el arte, la religión, la ética y, por supuesto, la enfermedad psíquica misma. Todo se trata, en teoría, de subproductos de procesos cerebrales de causa-efecto, de acción y reacción, de estímulo y respuesta, de *input* y *output*...

3. «*Nihil est inintellectu quod non antea fuerit in sensu*» (Nada hay en el intelecto que no estuviera antes en los sentidos). John Locke.

La relación entre la teoría y la realidad es similar a la que hay entre el mapa y el territorio,[4] y confundirlos representa una violación al pensamiento científico, un serio error al que la propia ciencia llama «tipificación lógica» o «reduccionismo».

Dice Stanislav Grof:

> La probabilidad de que la inteligencia humana haya alcanzado su estado actual solamente por procesos mecánicos aleatorios es más o menos igual a la probabilidad de que un huracán sople sobre un gigantesco depósito de chatarra y monte por accidente un Jumbo 747.

Y Gregory Bateson opina:

> La persona que comete errores de este tipo, restringiendo su mirada a su concepción del mundo, terminará irremediablemente un día comiéndose el menú en vez de la cena.

Cualquier persona que produzca datos capaces de generar controversias debe estar preparada para soportar que la sociedad del orden preestablecido y de las instituciones confiables la desestimen por inepta, la acusen de promover el caos a partir del engaño o incluso la acusen de enferma mental. Recuérdese el históricamente vergonzoso caso de Galileo.

Quizá no esté lejos la hora de conciliar definitivamente el pensamiento occidental y el oriental para combinar sus ventajas y evitar sus imperfecciones porque no son pocas las voces que cuestionan...

---

4. En el sentido que le da Alfred Korzybski.

El proceso de la inquisición contra Galileo en el año 1632.

Hace unos años la ciencia sufrió una seria interpelación cuando Fritjof Capra[5] y otros empezaron a contarnos más y más sobre la física cuántica. Sus postulados funcionaron y siguen funcionando como un cuestionamiento rotundo de todo lo que la ciencia daba por cierto.

El mito de la materia sólida e indestructible, su dogma central, se desintegraba bajo el impacto de las pruebas teóricas y experimentales que demostraron que el sustrato de la materia es... ¡nada! ¡Agujeros vacíos!

Los sabelotodo se defienden, pero no hay que desesperar. La verdadera sabiduría es indestructible, una y otra vez aflora y se expresa. Con cuestionamientos, con ironía, con inteligencia, alguien aparece intuitiva y profundamente comprometi-

5. En *El Tao de la física*, Sirio, Málaga 1996.

do y se hace oír obligándonos a volver a la verdad prescindiendo de legitimaciones oficiales, sociales o académicas.

Las muchas caras de una moneda

Un tomate puede ser interpretado como un vegetal, un alimento, una semilla, una mercancía, un pisapapeles o un proyectil. Todos los puntos de vista son correctos aunque parciales. Todos son verdaderos con una condición: que cada punto de vista no vaya precedido por un excluyente «nada más que».

El hombre, al igual que cualquier otra cosa, es mucho más que cada una de sus caras y algo muy diferente de «nada más que» la suma de todas ellas.

La teoría del biólogo y bioquímico británico Rupert Sheldrake, expuesta en su revolucionario libro *Una nueva ciencia de la vida*,[6] dice que nos ocupamos demasiado del aspecto **cuantitativo** de la respuesta humana al estímulo externo, pero prácticamente ignoramos los aspectos cualitativos de la respuesta peculiar de cada individuo.

Lo que Sheldrake sostiene, y yo humildemente se lo agradezco, se podría expresar más o menos así:

> Los organismos vivos no son meras máquinas biológicas y, por ello, la vida no se puede reducir a reacciones químicas.

Es ciertamente indiscutible que muchos aspectos biológicos funcionan de acuerdo con principios físicos reproducibles, pero eso no prueba que la conducta de los seres

6. Kairós, Barcelona 1990.

vivos se reduzca a reacciones fisicoquímicas. Imagínese que alguien que no sabe nada sobre aparatos de radio, ve uno y se queda encantado con la música que sale de él. Pensará que la música procede del interior del aparato como resultado de alguna interacción entre sus elementos. Si alguien le sugiere que en realidad viene del exterior, seguramente rechazaría la idea argumentando que él no ve entrar nada en el aparato. Para demostrarlo explicaría que ha comprobado que la radio pesa lo mismo encendida que apagada.

Si ahora pensara en construir un aparato igual, conseguiría las piezas, los interruptores, la caja, los cristales de silicio, los hilos de cobre y demás, y haría una réplica del transmisor. Luego afirmaría para la posteridad: «He comprendido perfectamente esta cosa y he construido un aparato idéntico a partir de sus mismos elementos. Lo que todavía no comprendo es por qué no sale la música».

RUPERT SHELDRAKE

Podrá asegurarse que el amor, la lealtad, la solidaridad, la compasión o la amistad son «meros mecanismos de defensa del yo herido o culposo», como lo publica el *Journal of Psychotherapy* estadounidense. Pero, ¿cómo explicar entonces que estos valores sean tan importantes para casi todos nosotros?

El ejemplo más famoso del desconcertante desarrollo de la conducta no se estudió en humanos, sino en simios, en lo que se denominó «el fenómeno del centésimo mono».[7]

Una joven mona japonesa de la especie *Macaca fuscata* vivía en la isla Koshima. Una mañana desarrolló espontáneamen-

7. Relatado por Lyall Watson en *Lifetide*, Sceptre, Londres 1987.

te una conducta sin antecedentes entre los monos de su especie: descubrió por accidente que lavar las batatas crudas cubiertas de arena, remojándolas en el río, mejoraba su sabor. La mona repitió y enseñó a sus hijas esta nueva conducta y posiblemente éstas la transmitieron a sus homólogos próximos. Llegó un momento en el que cien de las doscientas monas que habitaban la isla se habían habituado a lavar las batatas. Hasta aquí nada raro. Lo extraño sucedió cuando la misma conducta apareció en las monas de las islas cercanas sin que ningún mono tuviera la posibilidad de transmitir el aprendizaje.

El experimento repetido luego cientos de veces demostró que, si una cantidad determinada de miembros de una especie desarrolla ciertas propiedades o aprende cierto comportamiento, éstas serán adquiridas por otros miembros de la especie aunque no existan formas convencionales de contacto entre ellos.

Sheldrake, al intentar explicarlo, dijo lo que todo hombre honesto, científico o no, podría haber contestado:

«¿Por qué sucede este fenómeno de resonancia?...
No lo sé».

Admitamos pues que hay hallazgos, repetibles, mesurables y producibles, esto es, científicamente verídicos, que no podemos explicar científicamente.

Los revolucionarios avances en la ciencia occidental (física, biología, medicina, informática, psicología y parapsicología) no pueden evitar acercarse, cada vez más, a las miradas del pensamiento espiritual de la Antigüedad y de Oriente (el yoga de la India, el Vajrayana tibetano, el budismo zen, el taoísmo chino, la cábala judía, el misticismo cristiano o el gnosticismo).

Sin lugar a dudas, esta aproximación entre Oriente y Occidente, esta síntesis de lo antiguo y lo moderno, tendrá profundas consecuencias sobre la vida en este planeta.

La sabiduría no será propiedad exclusiva de un reducto de especialistas, porque todo ser humano hallará la plena autonomía de su espíritu: la certeza de Heráclito:

«A todos los hombres les está concedido ser sabios».

Capítulo I

El hombre y sus mitos

Todos hemos nacido en la ignorancia.

El hombre contra la cultura

Hay una idea que aparece de forma recurrente en el análisis de casi todos los pensadores de todas las épocas, y que se materializa en una pregunta, aún sin respuesta consensuada:

> ¿En qué medida todo lo que aprendemos y creemos actúa como incentivo para nuestro propio desarrollo y en qué medida actúa como un freno, un límite, un sutil impedimento?

La pregunta se podría plantear de un modo aún más sofisticado: La cultura, ¿ayuda a crecer a los pueblos o los endurece atándolos a pautas anacrónicas?

Como dije, no hay una respuesta definitiva y excluyente a esta cuestión. Por lo tanto, sólo nos queda encontrar nuestra propia respuesta y, para hacerlo, vale la pena empezar por el principio. El principio, para mí, es la creación.

El mito y sus problemas

Cada pueblo, a lo largo de los tiempos, ha establecido en forma particular sus mitos y sus leyendas, los cuales siempre tienen mucho que decir del pueblo que los narra.

La historia de Moisés dice mucho del pueblo judío y la historia de Jesús dice mucho del pueblo cristiano. Cada héroe, cada mito, cada leyenda nos describe a aquellos hombres idolatrados, pero también nos habla sobre los pueblos que los crearon, de la tradición de los países donde vivieron, de la gente contra la que lucharon. Los mitos no solamente cuentan quiénes fuimos sino también, y sobre todo, quiénes somos hoy, en qué podemos transformarnos y por qué.

Si esto es cierto (y lo es...), los mitos que portamos como sociedad y las leyendas de la propia cultura dicen mucho más de lo que creemos acerca del hombre, acerca de cada uno de nosotros y acerca de la humanidad como un todo.

En Occidente, la historia bíblica de la creación del mundo es una explicación mítica más o menos lógica de cómo empezó todo.

Habida cuenta de la ya enunciada marcada influencia de nuestras creencias ancestrales, conocer este relato (de referencia bíblica y por ende de supuesta revelación divina) debería servirnos para entender cómo funcionan algunas cosas que damos por sentadas y cómo y por qué algunas ideas condicionan desmedidamente nuestra conducta.

La primera cuestión notable que aparece, a poco de investigar, es que, a diferencia de otras culturas, la nuestra (comúnmente llamada occidental y judeocristiana) sostiene la idea de un universo hecho desde la nada por una fuerza creadora omnipotente.

Para decirlo en términos coloquiales: Dios (en adelante y con el mayor respeto «el Jefe») decide en un momento determinado (¿estaría aburrido?) hacer, sin materia prima, el mundo y el resto del universo en el que vivimos.

Así, según el *Génesis*, Dios hizo los mares y la tierra, separó la luz de las tinieblas, creó todos los animales y los vegetales, y el sexto día se dedicó a su más complicada obra: por supuesto, el hombre.

Si lo consideramos en función de la influencia del mito, sobrellevamos desde el principio el peso de creer que todas las cosas fueron hechas desde la nada por el poder superior de un Dios, «nuestro Dios».

- Más allá de que cada uno pueda tomar esta historia metafóricamente o considerarla en forma literal.
- Más allá de que cada uno pueda creer o no en este Dios creador omnipotente.
- Más allá de todo, la «historia» condiciona nuestras creencias y nos influye a la hora de decidir un plan de acción frente a un proyecto, una dificultad o un imprevisto.

Lo que aquí me importa es destacar lo que este mito representa en nuestra cultura occidental.

Nos lo dice desde el principio:

«Las cosas se *hacen*».

Las cosas llegan a ser porque alguien o algo las hizo tal y como son creándolas desde lo que no eran.

Aunque sea desde la nada, hay que crearlas, hay que producirlas, hay que inventarlas.

El primer mensaje del mito es: hay una transición de lo que «no es» a lo que «es».

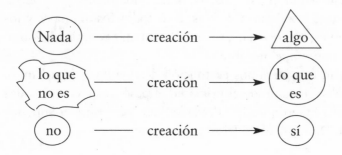

Dicho así, esta idea parece algo obvia, porque ¿de qué otra manera podría ser?

Investigando, encontramos otras culturas donde el mundo y lo que contiene, incluido el hombre, no son justamente planteados como creados desde la nada. En el lejano Oriente, por ejemplo, todo lo que existe es siempre producto de un devenir de algo anterior que se ha transformado. Lo que era de una manera pasó a ser de otra: A devino en B, B causó C, que fue desencadenante de D, y así *ad infinitum*:

A diferencia del mito judeocristiano de la creación, Oriente vive en un universo donde las cosas nunca aparecen hechas, construidas ni inventadas, y mucho menos desde la nada, ya que siempre provienen de algo anterior, de algo que ya estaba.

Y si te preguntaras qué pasará al llegar a la Z, un oriental quizá te respondería que posiblemente Z conduzca nuevamente a A.

La diferencia entre estos mitos es una de las causas fundamentales del ya comentado abismo entre el pensamiento de Oriente y el de Occidente. A los occidentales, condicionados por nuestra educación, nos cuesta renunciar a la idea de ser los que producimos el cambio: nos sentimos obligados a hacer, a fabricar las cosas desde la nada.

Los orientales, en cambio, con otra serenidad y convencidos de que están haciendo todo lo posible por no interrumpir el devenir, pueden esperar a que ese algo suceda sin necesidad de ser los que activamente intervienen en que se produzca, les cuesta decidirse a iniciar el proceso y actuar sobre esa realidad para modificarla en su conveniencia o la de todos.

A nosotros nos cuesta aceptar su pasividad; y a ellos, por supuesto, les molesta nuestra urgencia. Estamos condicionados por mitos diferentes.

El mito que somos

El mito de la creación judeocristiano continúa con la creación de Adán:

Entonces Jehová Dios formó al hombre del polvo de la tierra. (Génesis 2:7)

Según la Biblia, a su imagen y semejanza.

Y otra vez, más allá de que la Biblia sea un relato fiel a los hechos o una representación simbólica, el mito condiciona la conducta de todos y lleva implícito un mensaje que, al no ser explícito, es incuestionable.

Jehová Dios formó, pues, de la tierra toda bestia del campo, y toda ave de los cielos, y las trajo a Adán para que viese cómo las había de llamar; y todo lo que Adán llamó a los animales vivientes, ese es su nombre. (Génesis 2:19)

Dice la Biblia que Dios crea a Adán para apropiarse de la creación, o sea: ser el Amo. Le pide a Adán que les ponga nombre a los animales y a las cosas.

Los terapeutas sabemos mejor que nadie que sólo se puede tener dominio y control sobre aquellas cosas a las que se puede nombrar. Las cosas innombrables son entidades que uno no puede manejar y menos aún tener bajo control. Y esto se aplica a ese texto y a todo lo cotidiano. En relación con nuestros sentimientos, sólo si puedo nombrar un hecho puedo actuar sobre él. Desde la lingüística, una de las demostraciones de lo inmanejable de la muerte de un hijo es que ni siquiera hay una palabra para nombrar a un padre que ha pasado por este dolor. No tengo control sobre lo que me es imposible nombrar.

Entonces, Dios ve que el hombre está solo y dice textualmente:

Y dijo Jehová Dios: No es bueno que el hombre esté solo; le haré ayuda idónea para él. (Génesis 2:18)

Entonces Dios hizo caer sueño profundo sobre Adán, y mientras éste dormía, tomó una de sus costillas, y cerró la carne en su lugar.

Y de la costilla que Jehová Dios tomó del hombre, hizo una mujer, y la trajo al hombre. (Génesis 2:21-22)

Esta historia sugiere con toda claridad una intención de establecer una supuesta superioridad del hombre con respecto a la mujer, por antigüedad y por poder. Y no sólo es así aquí, sino a lo largo de todo el Génesis. Por ejemplo, para bien o para mal, la mujer es lo único que no fue creado a partir de la nada, sólo por la voluntad de Dios. La mujer fue creada desde otro ser vivo, desde el hombre, a cuyo deseo y aporte, se sugiere, debe su existencia.

Puede que no sea cierto, pero yo no dejo de entrever en todo el relato la simiente de una actitud machista y originaria de la dependencia femenina que, como veremos, confirmará el libro sagrado más adelante.

Cuenta el mito que Adán y Eva vivían en el Paraíso, donde tenían acceso a todo lo que necesitaban. No padecían ni frío ni hambre ni sed ni carencia alguna.

Según la Biblia, todo les estaba procurado:

> Y Jehová Dios hizo nacer de la tierra todo árbol delicioso a la vista, y bueno para comer; también el árbol de vida en medio del huerto, y el árbol de la ciencia del bien y del mal. (Génesis 2:9)

> Y mandó Jehová Dios al hombre, diciendo: De todo árbol del huerto podrás comer; mas del árbol de la ciencia del bien y del mal no comerás; porque el día que de él comieres, ciertamente morirás. (Génesis 2:16-17)

De todos los frutos que había en el jardín podían comer, menos del árbol del bien y del mal.

Es de suponer que Adán y Eva lo estaban pasando muy bien. Vivían una vida literalmente paradisíaca, hasta que, un día, la serpiente se encuentra con Eva y le dice:

—¿Has visto qué fruta más hermosa hay aquí? —señalándole el fruto del bien y del mal.

Y Eva le responde:

—Sí, muy hermosa, pero me parece que está prohibida. El Jefe no quiere...

Y la mujer respondió a la serpiente: Del fruto de los árboles del huerto podemos comer; pero del fruto del árbol que está en medio del huerto dijo Dios: No comeréis de él, ni le tocaréis, para que no muráis. (Génesis 3:2-3)

La serpiente preguntó:
—¿Tú sabes por qué Dios no quiere que comas el fruto de este árbol?
Ante el desconocimiento de Eva, la serpiente continuó:

Entonces la serpiente dijo a la mujer: No moriréis; sino que sabe Dios que el día que comáis de él, serán abiertos vuestros ojos, y seréis como Dios, sabiendo el bien y el mal. (Génesis 3:4-5)

Eva dice:
—Ahhh...
Y mirando el fruto comenta:
—¿Parece rico, no?

Y vio la mujer que el árbol era bueno para comer, y que era agradable a los ojos, y árbol codiciable para alcanzar la sabiduría; y tomó de su fruto, y comió; y dio también a su marido, el cual comió así como ella. (Génesis 3:6)

Eva toma el fruto, que, como la Biblia dice, es muy tentador, y se lo come. Ella se da cuenta de que es bueno y que no ha muerto. Entonces llama a Adán y le invita a comer también.

El hombre accede al fin y come del fruto prohibido.

Cuando comen se dan cuenta, sólo entonces, de que están desnudos.

Entonces fueron abiertos los ojos de ambos, y conocieron que estaban desnudos; entonces cosieron hojas de higuera, y se hicieron delantales. (Génesis 3:7)

Avergonzados (¿de qué?), se fabrican prendas con hojas de higuera.

Al escuchar que el Jefe llega al jardín, se esconden.

Y Dios pregunta:

—Adán, ¿dónde estás?

Adán contesta:

—Sentí tu voz y me escondí porque estaba desnudo.

Dios le dice:

—¿Y?

—Y nada, me dio vergüenza —contesta Adán.

Dios dice:

Y Dios le dijo: ¿Quién te enseñó que estabas desnudo? ¿Has comido del árbol de que yo te mandé que no comieses? Y el hombre respondió: La mujer que me diste por compañera me dio del árbol, y yo comí. (Génesis 3:11-12)

O sea, Adán dice:

—La culpa es tuya... Y de ella.

Dios entonces interroga a Eva:

—Tú comiste y le diste a Adán del fruto prohibido, ¿por qué has hecho eso?

Ella dice:

—La serpiente me convenció.

Dios se enfada y condena a la serpiente a vivir arrastrándose sobre su vientre y comiendo polvo toda su vida.

A la mujer dijo: Multiplicaré en gran manera los dolores en tus preñeces; con dolor darás a luz los hijos; y tu deseo será para tu marido, y él se enseñoreará de ti. (Génesis 3:16)

Vimos anteriormente que la mujer, al ser creada a partir del hombre, estaba expuesta a una situación de dependencia; ahora el hecho de que se la someta al hombre implica una dependencia total.

El mito establece no una simple sino una doble dependencia de la mujer respecto del hombre.

La condena para el hombre es también doble:

> Con el sudor de tu rostro comerás el pan hasta que vuelvas a la tierra, porque de ella fuiste tomado; pues polvo eres, y al polvo volverás. (Génesis 3:19)

Que en buen romance quiere decir: «Entérate, te vas a morir».

No conforme con ello, el Jefe los destierra del Paraíso.

> Y lo sacó Jehová del huerto del Edén, para que labrase la tierra de que fue tomado. (Génesis 3:23)

La historia sigue de manera bastante interesante. Adán y Eva salen del Paraíso, expulsados, ya no con el taparrabos de hojas, porque parece que fuera del Paraíso hacía frío, sino con un traje de piel que el Jefe les hace.

Salen, pues, del Paraíso con el conocimiento del bien y del mal. Y entonces, con ese nuevo saber, hacen lo único que se les ocurre:

> Conoció Adán a su mujer Eva... (Génesis 4:1)

Por primera vez en su historia, al comenzar el cuarto capítulo, se «conocen», como dice la Biblia (tienen relaciones sexuales).

De este encuentro y conocimiento mutuo se engendran Caín y Abel, los dos primeros hijos de la pareja. Historia conocida.

Y aconteció andando el tiempo, que Caín trajo del fruto de la tierra una ofrenda a Jehová. Y Abel trajo también de los primogénitos de sus ovejas, de lo más gordo de ellas. Y miró Jehová con agrado a Abel y a su ofrenda; pero no miró con agrado a Caín y a la ofrenda suya. Y se ensañó Caín en gran manera, y decayó su semblante. (Génesis 4:3-5)

Y dijo Caín a su hermano Abel: Salgamos al campo. Y aconteció que estando ellos en el campo, Caín se levantó contra su hermano Abel, y lo mató. (Génesis 4:8)

Un día, el Jefe pregunta (digo yo: un jefe raro éste, ¿no? Todo lo pregunta, como si no supiera...):

Y Jehová dijo a Caín: ¿Dónde está Abel tu hermano? Y él respondió: No sé. ¿Soy yo acaso guarda de mi hermano? Y él le dijo: ¿Qué has hecho? La voz de la sangre de tu hermano clama a mí desde la tierra. (Génesis 4:9-10)

El Jefe sabe que Caín ha matado a su hermano y lo maldice:

Cuando labres la tierra, no te volverá a dar su fuerza; errante y extranjero serás en la tierra. (Génesis 4:12)

Caín acepta su castigo lleno de culpa, pero también lleno de miedo.

Y dijo Caín a Jehová: Grande es mi castigo para ser soportado. He aquí me echas hoy de la tierra, y de tu presencia me esconderé, y seré errante y extranjero en la tierra; y sucederá que cualquiera que me hallare, me matará. Y le respondió Jehová: Ciertamente cualquiera que matare a Caín, siete veces será castigado. Entonces Jehová puso señal en Caín, para que no lo matase cualquiera que le hallara. (Génesis 4:13-15)

El Jefe hace saber que quien lo lastime responderá ante Él. Caín es, pues, un intocable al cual nadie puede lastimar.

Así continuó viviendo hasta los novecientos y tantos años, eso sí, siempre maldito de Dios...

Hasta aquí la historia.

Dada la importancia de este relato y sus ya comentadas consecuencias en la determinación de nuestra identidad, actitud y creencias, se me plantean unas cuantas preguntas que me gustaría compartir.

A Caín, el primer asesino, el fratricida, Dios lo protege para que nadie lo mate. ¡Lo maldice, pero no lo toca! No le hace nada más que alejarlo de los demás... Y a los otros dos pobres santitos, Adán y Eva, por comer de un arbolito los condena a muerte, a trabajar el resto de su vida, a ser uno esclavo del otro. ¿Qué clase de Dios es éste? En todo caso, un Dios raro, ¿no? En todo caso, parece (con perdón) un Dios injusto.

Uno puede dar la respuesta fácil diciendo: «El Jefe sabe. Si lo hace por algo será». Y debe ser cierto, pero no podemos ser tan displicentes, ni siquiera con Él.

Encontrar la respuesta nos ayudará a comprendernos y a conocernos más. Porque, sólo después del análisis y la comprendida aceptación del mito de nuestro origen, podremos sentirnos a gusto siendo quienes somos y formando parte de esta cultura. Entre otras cosas, porque es este punto —más allá de la fe— el que mejor relata los principios y la manera en que se ha formado nuestra cultura, el que demuestra cómo se sostiene nuestra sociedad.

Tenemos que dilucidar este misterio porque, además, si una vez planteado no resolvemos el enigma de la contradicción o nos quedamos con una imagen desacreditada o incomprensible de Dios, nos volveremos una sociedad atea en sentido literal, o peor aún: una sociedad que vive en dependencia absoluta de un ser al que concibe como un maniático, un sádico perverso, un caprichoso insensato que hace lo que quiere con nosotros y que lo que quiere ni siquiera es para nuestro cuidado. Y la idea de vivir en un mundo donde no hay ninguna justicia, ni siquiera por parte del Jefe, es verdaderamente muy difícil de soportar...

Vamos un poco más allá:

Si Dios no quería que el hombre comiera del árbol, ¿para qué lo puso? ¿Es esto otra vez una actitud sádica? Pongo un árbol para que no comas, ¡y encima lo pongo con guirnaldas y luces de colores! Lo pongo en el centro, no sólo para diferenciarlo bien de los demás árboles, sino también para que no puedas evitar tropezarte con él. ¿Por qué poner la tentación tan a mano? ¿Por qué tanto interés en que Adán se acuerde cada día, cuando come del árbol de la vida, que de ese árbol no puede comer?

Además, debemos pensar que Dios todopoderoso omnisciente debía saber todo lo que iba a pasar...

¿O tal vez no lo sabía? Esto, una vez más, es insostenible.

Admitamos, en ventaja de nuestra relación con Él, que colocó el árbol allí ex profeso para tentarlos, como símbolo de su libre albedrío y para poner a prueba su fidelidad, sabiendo que fracasarían... Está bien. Pero, entonces, ¿por qué instaura un castigo más grave y doloroso que el que decide después para el que mata a su hermano?

La verdad es que esto deja nuevamente muchas dudas.

El intento de respuesta-salida de pensar que Dios quiere que hagamos uso del libre albedrío para elegir la obediencia no me resulta suficiente, por lo menos no desde este análisis. Me pone un árbol especial al lado de otro también especial, en el propio centro del Paraíso; me dice que el segundo está prohibido y lo hace tentador. Y yo me pregunto: ¿lo hace tentador para hacer más evidente que está prohibido o me lo prohíbe y con eso consigue hacerlo aún más tentador?[8]

Otra vez extraigo la idea de un Dios imposible, un Dios perverso que inventa un fruto especialmente tentador para prohibírmelo después y castigarme gravemente si desobedezco su orden de no caer en la tentación.

Y todavía hay algo más.

En el jardín del Edén había dos árboles, «el de la vida» y «el del bien y el mal». Este último, el censurado, daba conocimiento sobre lo que está bien y sobre lo que está mal. Ahora pregunto: si Adán y Eva no habían comido aún el fruto, ¿cómo podían saber que desobedecer estaba mal? ¿Cómo puede el hombre elegir entre el bien y el mal sin saber nada sobre ellos?

Desde esta perspectiva, Dios no sólo es un sádico perverso, también es un emblema de la injusticia institucionalizada y de la falta de derecho a la defensa.

Otra vez esta idea loca de la creación no se sostiene.

Deberemos buscar una mejor salida a nuestros problemas ya que, de lo contrario, en nuestra cultura quedará establecido como norma este comportamiento autoritario y caprichoso.

Condicionados consciente o subconscientemente hemos crecido en este mito, nos hemos quedado con la idea de que hay un Paraíso que se pierde por no obedecer, una sugerencia de que volverá a pasar si no hacemos caso, la certeza de que hay un grave castigo al pecado de desafiar una prohibición.

---

8. ¿A quién se le ocurriría prohibir algo que no fuera tentador? ¿Qué sentido tendría? No hay carteles que digan, por ejemplo: «Prohibido pillarse los dedos con la puerta».

Esto es lo que se enseña día a día en las casas, en las escuelas, en la calle, y es la base de nuestra educación moral. Es lo que nos esforzamos prolijamente en transmitir a nuestros hijos. Una y otra vez les decimos que si son buenos y obedecen les ocurrirá todo lo bueno; en cambio, si no obedecen, les sucederán muchas cosas malas. Y para que no les queden dudas creamos castigos efectivos capaces de demostrarles que somos para ellos la prolongación del todopoderoso Dios.

¿Es éste el gran mito, el relato de una injusticia divina, sostenida con valores de autoritarismo y venganza explícitos con los que sería imposible concordar?

¿Por qué es más grave el episodio de Adán y Eva que el de Caín?

¿Por qué se castiga más la desobediencia que el crimen?

¿Por qué casi se perdona a Caín, que sabe que está haciendo algo malo, y no a sus progenitores, que no saben que están desobedeciendo, aunque se enteren al hacerlo?

Respecto de la segunda historia, la del fratricidio, cabe encontrar una explicación, aunque sea humana, para esclarecer un misterio divino.

Cuando el primer crimen sucede, Dios no había hecho explícita —a Caín ni a nadie hasta entonces— la prohibición de matar. El pecado no era la transgresión de ninguna norma pautada, sino tener conciencia de estar haciendo algo censurable. Comparado con el pecado del fruto prohibido, Dios sí había avisado a sus primeros inquilinos de que no podían probar del fruto de ese árbol. Y hay que agregar a ello una diferencia más: al darse cuenta de su falta, Adán primero y Eva después, niegan su responsabilidad y el primero hasta intenta responsabilizar al propio Dios en persona por su transgresión.

Pensemos, pues, en la probabilidad de que la expulsión

no haya sido consecuencia de caer en la tentación, sino de otra falta: la de no haber aceptado la responsabilidad por lo hecho (teniendo ya el conocimiento del bien y del mal).

Este Dios que propongo, más sensato, justo y comprensible, no castiga la desobediencia en sí —como hemos visto hasta ahora y como estamos acostumbrados a pensar—, sino el hecho de no hacerse responsable de desobedecer...

Capítulo 2

Paraíso ganado

Todos podemos llegar a ser sabios.

Acompáñame ahora a recorrer una historia alternativa siguiendo la idea de un señor llamado Harold Kushner. De su mano vamos a tomar una nueva perspectiva.

En esta versión, que bien podrían haber filmado Fellini, Almodóvar o Woody Allen, el mito original se modifica:

Eva se encuentra con la serpiente. Ésta la tienta para que coma del fruto prohibido, pero ahora Eva le dice:

—No. El fruto es tentador, pero está prohibido. Dios lo mandó así.

La serpiente, astuta y seductora, intenta convencerla con la teoría del miedo del Jefe a que los humanos se vuelvan dioses.

Eva contesta cortésmente:

—No, gracias.

Y sigue su camino por el Paraíso, de lo más campante...

Maravilloso, ¿verdad? Beso y medalla para Eva (aunque no tengamos dónde prenderle la medalla).

¿Qué pasaría después?

En esta versión, en la que Eva no come del fruto prohibido, tampoco pide a su compañero que coma. Y cuando aparece el Jefe (que ya sabe lo que pasó porque en esta versión Dios pregunta poco o, por lo menos, no pregunta lo que ya sabe), los premia.

¿Y cuál es el premio?

El premio es que pueden quedarse eternamente en el Paraíso comiendo del árbol de la vida y de todos los demás, menos de uno, disfrutando del clima ideal, el alimento superabundante, la paz y la bendición de no tener que trabajar ni pensar en la muerte.

Todo bien.

Muy bien.

Divinamente bien.

Dos angelitos, ellos...

Eso sí: ¡De hacer el amor ni hablemos!

¿Cómo que no?

No.

Recordemos que la sexualidad aparece sólo fuera del Paraíso, desde la conciencia del deseo, al darse cuenta de la desnudez propia y ajena, que vino añadida al conocimiento del mal (o del bien).

En esta historia alternativa, de Adán y Eva premiados en el Paraíso, Adán, por supuesto, nunca aprenderá a usar un arado ni nada que se le parezca, porque no hay necesidad: todo es absolutamente perfecto y él se pasa los días saltando, caminando y escuchando a los pajaritos...

Eva no ha conocido los dolores de parto, ya que ni siquiera ha tenido la oportunidad de conocer los placeres del sexo.

Ambos viven eternamente... Y sin exigencias.

Eternamente satisfechos, estériles, solitarios e inmortales.

De la humanidad, cero. Ningún tipo de forma humana además de ellos, ninguna posibilidad de que alguien los acompañe, ningún descendiente, nada...

Los hombres y mujeres de los que descendemos son supuestamente el resultado generacional de la procreación de aquellos dos primeros padres y, por lo tanto, si ellos no «se conocieron»... ¡Nada!

Entonces, debemos pensar que al final hemos tenido suerte, es decir, si Eva no hubiese desobedecido, otra sería la historia.

> La primera mujer fue la mayor responsable de librarse a sí misma y a su hombre del previsible aburrimiento del Paraíso eterno, y salvó por añadidura a toda la humanidad de su inexistencia.

La expulsión se convierte así mucho más en una oportunidad y una liberación que en una venganza divina.

Si el mito bíblico, tal como llegó a nosotros, tiene algo que decirnos, será llamar nuestra atención sobre un hecho revelador:

> La humanidad existe porque a alguien se le ocurrió transgredir una norma, cuestionar un mandato, desconfiar de una palabra, desobedecer una regla.

La bendición del castigo

Nuestra historia cultural, al igual que la personal, nos da a elegir entre la tranquilidad, la comodidad inmóvil de la obediencia o la inquietud de dejar de obedecer, de arriesgarse a transgredir y, a partir de ahí, conquistar el libre albedrío.

La libertad se conquista **después** de atreverse a saber sobre el bien y el mal. Y a este conocimiento, parece decir el mito, no se accede si antes no nos atrevemos a rebelarnos ante lo preestablecido. El libre albedrío empieza fuera del Paraíso.

El resultado «peligroso» de esta manera de pensar es que ser expulsados del Paraíso no parece entonces un castigo...

Volvamos a revisar el tema:

¿Cuáles fueron los castigos?
Parir con dolor.
Depender de las decisiones de otro.
Trabajar para ganarse el pan.
Morir.

Para una mujer, parir con dolor significa tanto real como simbólicamente muchas cosas; pero si leemos la frase con mente amplia y metafórica, podremos llevar más lejos su interpretación:

Nada de lo que crees y nada de lo que generes
te va a ser gratuito: tus decisiones siempre involucrarán a
otros con quienes tendrás que aprender a convivir, desde
tu nacimiento hasta tu muerte.

Imaginemos la voz de un padre o una madre diciéndole a su hijo estas mismas cosas en nuestras propias palabras:

«Si no obedeces, no podrás seguir siendo un mantenido,
un protegido, un infante; si quieres tomar decisiones,
tendrás que trabajar para poder comprar con tus propios
recursos lo que desees».

«Si no obedeces sin chistar lo que se te manda,
nada te será fácil; en cambio, si decides obedecer
sin cuestionar,
podrás tener todo lo que necesitas.
Si desobedeces... ¡Arréglatelas como puedas!»
«De todas maneras, ahora que no estaré siempre
para protegerte,
porque también yo voy a morir, es bueno que sepas
que no eres autosuficiente,
que siempre va a haber otro cuya decisión
influirá sobre tu vida, en el presente y en el futuro.»

Ahora todo empieza a tener un nuevo sentido... La salida del Paraíso está llena de avisos, mucho más que de castigos.

> Estos castigos son la sincera advertencia de lo que es la vida fuera del Paraíso, sin depender de nadie, siendo tú responsable de lo que te pase.

Debo resaltar que un aviso no es ningún castigo y que esta expulsión se parece demasiado a aquello por lo cual he trabajado toda mi vida como terapeuta.

Sostengo ahora, después de lo dicho que, si Dios existe, la verdad... **es que estuvo muy bien**.

La fantasía de la creación es maravillosa...

Gracias a este «castigo», la humanidad progresa y así sigue creciendo...[9]

Gracias a este «castigo», nosotros existimos y somos.

9. Considerando a Darwin, podríamos pensar de forma similar: si el mono no hubiera evolucionado ni se hubiese alzado sobre sus dos piernas, se habría quedado mono y habría evitado ciertos problemas. Pero, en ese hipotético caso, tampoco habría humanidad posible.

La Biblia, vista como una metáfora, podría mostrar la historia de la evolución humana.

El mito, más allá de la idea de Dios, es la historia de la humanidad.

> Expulsados del Paraíso aparecen todas las dificultades que nos harán crecer, aparecen los obstáculos; y este es el precio de la libertad. Ahora todo depende de ti, incluso la vida de tu hermano.

Entre las condenas de la expulsión, la más difícil de tolerar es la que se refleja en la frase de Dios cuando le dice a Adán que, por haber comido del árbol, debe saber que de polvo es y al polvo volverá, es decir, morirá.

¿No será éste el castigo?

Puede ser, pero también podríamos pensar que el verdadero castigo es la conciencia de que vamos a morir, tener absoluta conciencia de que nuestra vida es finita, de que no viviremos para siempre.

Aunque, de todas maneras, no parece un gran castigo. Puestos a elegir, ¿quién en su sano juicio elegiría la inmortalidad?

Mito y cultura

En esta lectura, que propongo de la mano de otros, nuestro progreso y crecimiento dependen de la desobediencia. Sin embargo, cada uno de nosotros debe decidir cómo interpreta la historia de la creación.

Como Bateson decía: «No podemos percibir el mundo, sólo podemos apoyarnos en la interpretación que hacemos de él». El mundo no es como nosotros lo percibimos, sino que sólo habitamos el mapa que construimos. Vivimos nuestra vida en concordancia y sintonía con ese mapa y no con el mundo verdadero.

Pero, ¿cómo es nuestro mapa?

Los dos pueblos

Un hombre joven, cargando una pesada maleta, llega caminando hasta la entrada de un pueblo. Allí, sentado en una roca, hay un anciano fumando su pipa.

—¿Cómo es la gente de este pueblo? —se anima a preguntarle.

—¿Cómo era la gente del pueblo del que vienes? —le responde el anciano.

—Aquella gente era muy desagradable: ladrones, aprovechados, malhumorados y tristes. Cada día trataban de aprovecharse y sacar un beneficio de su vecino. El chisme y el resentimiento eran moneda corriente allí. Por eso pregunto antes de entrar. ¿Cómo es aquí la gente?

—Me temo —dijo el anciano— que no vas a encontrar mucha diferencia. Aquí la gente es igual a la del lugar de donde vienes. Lo siento.

—Entonces creo que seguiré hasta el próximo pueblo —dijo el joven antes de continuar su camino—. Adiós.

—Adiós —dijo el viejo mientras seguía fumando su pipa.

Pasaron unas horas y otro joven, muy parecido en su aspecto y actitud al anterior, se acercó al anciano.

—¿Cómo es la gente de este pueblo? —le preguntó también.

—¿Cómo era la gente del pueblo del que vienes? —respondió nuevamente el anciano.

—Oh, mi gente era muy agradable. El lugar donde nací está poblado de gente maravillosa. Todos se ayudaban unos a otros. El amor y la compasión eran moneda corriente allí y uno siempre se encontraba en la calle o en el bar con alguien a quien contarle un problema o con quien compartir una alegría. Me dolió tener que irme. ¿Cómo es por aquí?

—¿Aquí? —dijo el anciano—. Aquí no encontrarás mucha diferencia. En este pueblo la gente es igual a la del lugar de donde vienes. Bienvenido.

Y el joven entró en el pueblo.

* * *

Si en nuestro mapa personal todos son enemigos, viviremos defendiéndonos...

Si en nuestro mapa personal todos son víctimas, viviremos sintiéndonos culpables...

Si en nuestro mapa sólo existe el dolor, toda nuestra vida quedará marcada por el sufrimiento...

Si, finalmente, nos encontramos recorriendo la vida apoyados en un mapa que establece que el que desobedece la paga y que el precio es la muerte, sólo viviremos intentando portarnos bien, caminando de puntillas, obedeciendo las normas impuestas, aceptando el orden preestablecido...

La cultura es un mapa compartido del territorio.

Si este mapa representa a la sociedad como un todo, el mito de la creación es una guía de cómo se debe trazar el mapa.

- Podríamos trazar un recorrido donde se estableciera que desobedecer o transgredir siempre tiene consecuencias nefastas. O trazar un recorrido donde atrevernos a lo nuevo de vez en cuando sea un punto de partida de cosas mayores y mejores.

- Podemos vivir pensando que dejarnos caer en la tentación de aquello que nos atrae terminará dañándonos. O pensar que quien traspasa una regla determinada siempre llegará más lejos que el que nunca se planteó la posibilidad de hacer algo diferente, algo nuevo, algo no del todo avalado por la sociedad que lo antecede.

- Ciertamente, podemos recorrer el camino con seguridad aprovechando el mapa que los demás trazaron antes. O arriesgarnos a transitar los caminos nuevos porque tienen más posibilidades de aportar nuevas respuestas y experiencias diferentes.

En este nuevo recorrido hacia la sabiduría, mi propuesta es revisar nuestras creencias e ideas para tratar de cambiar el mapa que hasta hoy nos limitaba; explorar las costumbres heredadas y atrevernos a cambiarlas si de verdad ya no nos sirven.

El dragón de la cultura

Todos sabemos que el ser humano nace y se desarrolla en el seno de una cultura; pero la palabra «cultura» se puede usar por lo menos en dos sentidos: uno referido al conjunto de conocimientos que el hombre por sí mismo ha cosechado o adquirido (como cuando decimos: «es un hombre culto»);[10] otro, el que se refiere al conjunto de creencias o costumbres que caracterizan un determinado territorio o espacio temporal en el cual la persona se halla inserta (la cultura española, argentina, occidental, contemporánea, etcétera).[11]

10. Sentido gnoseológico: cultura = conocimiento.
11. Sentido sociológico: cultura = sociedad.

Ambos sentidos se encuentran íntimamente vinculados, dado que la sociedad (cultura) está configurada por la suma de conocimientos y costumbres (cultura), pero también impone al individuo conocimientos y costumbres (a cuya totalidad llamamos también cultura).

> Darnos cuenta de que la cultura nos impone cosas es ya un paso adelante en nuestro camino hacia la desobediencia creadora.

Y si hay una imposición de ideas y conceptos, sería bueno ahondar en la cuestión de cómo funciona el mecanismo de la cárcel sociocultural antes de reaccionar contra ella.

Retomo las palabras de Nietzsche, quien en el siguiente texto nos ilustra sobre el gran villano:

Hay muchas cosas pesadas para el espíritu, pero el espíritu es fuerte y paciente, quiere pelear con el gran dragón para conseguir la victoria.

¿Quién es el dragón, al que el espíritu no quiere seguir llamando señor?

«Tú debes» se llama el dragón.

Y ante él, el espíritu libre dice: «Yo quiero».

«Tú debes» le cierra el paso.

«Todos los valores han sido ya creados. No puede haber ningún Yo quiero.»

Así habla el dragón.

Pero el espíritu quiere hacer su voluntad. Y entonces conquista el mundo.

El dragón representa lo que hemos estado llamando «cultura», normas socialmente aceptadas y estipuladas cuya armadura está constituida por valores más o menos aceptados por todos que se establecen como definitivos e incuestionables.

¿Y cómo llegan estas normas a ser incuestionables? Es decir, ¿cómo llegan a ser valores?

Una respuesta posible es que llegan a ser tales a fuerza del hábito y la costumbre, de la repetición y la persecución, de la amenaza y el castigo. De la mano de la familia y la escuela, la policía y la justicia, los hospitales y los gobiernos, llegan disfrazados a veces de reglas de sana convivencia y otras veces de buenos modales. Las grandes instituciones establecen y diseminan esos valores que son impuestos a los individuos y luego transmitidos por ellos, para bien y para mal, a sus hijos, familiares, vecinos, amigos...

> Cuanto más civilizados nos volvemos, menos libertad hay.
>
> KRISHNAMURTI

Si el mayor conocimiento no siempre va acompañado de una mayor libertad es porque a veces nos encontramos frente a los habituales malabaristas de la palabra, los pedantes medianamente ilustrados o los mediocres de las ideas.

Nuestra sociedad funciona muchas veces como un grupo de represión-exclusión, dejando de lado a aquéllos que no asumen determinadas normas. A través del «tú debes», la sociedad se vuelve represiva, fija límites a la acción del individuo, vedándole casi en forma total la libertad creativa, generando un tipo de saber «obediente» que vuelve al ciudadano mecánico y manejable.

El filósofo francés Michel Foucault destinó la mayor parte de su obra a desenmascarar estas instituciones y sus estrategias. Con insuperable claridad denunció tácticas y manipulaciones de dominación que la sociedad ejerce sobre nosotros para sostener los mencionados «tú debes».

Foucault dice que lo que yace como fundamento de la imposición social es siempre la lucha por el poder. Como ciudadanos, ejercemos poder, reconducimos poder, lo engrandecemos y perfeccionamos. El hombre sufre el poder y lo ejerce.

En su libro *Vigilar y castigar*,[12] Foucault habla de la manera como la sociedad impone las reglas y condena a aquéllos que no se adaptan a ellas.

Si en la Antigüedad el «raro» era excluido, ahora es «disciplinado», es decir, se le discrimina sin echarle, intentando rectificarle, corregirle, encaminarle.

La sociedad practica así una especie de «ortopedia» sobre el individuo descarriado que debe convertirse en un «hombre recto», según lo que la mayoría cree que «está bien».

Foucault ilustra su libro con varios grabados, entre ellos el de Andry, en el cual aparece una recta estaca que simboliza la ley social, y una cuerda que nos sujeta a ella, impidiendo que nos desarrollemos libremente, frenando la creatividad y alejándonos de la instructiva equivocación. (Véase ilustración en la página 133.)

La estaca de Andry simboliza las normas a las que hay que someterse, pero también sugiere que la estaca que ha sido clavada, como tutor, puede arrancarse.

El problema es que nos hemos acostumbrado a la soga y nos hemos reclinado en la estaca. Estamos como el elefante encadenado del cuento,[13] creyendo que no podemos lo que alguna vez no pudimos, y nos resignamos a ello.

---

12. Siglo Veintiuno, Buenos Aires 1989.
13. Jorge Bucay, *Déjame que te cuente*, RBA Integral, Barcelona 2002.

> Puede parecer que nos haría falta una fuerza desco-
> munal para empezar a liberarnos de estas ataduras; sin
> embargo, cualquier hombre o mujer que comprenda
> que está en condiciones de decir no a la opresión y al
> control, puede deshacerse de las sogas que lo conde-
> nan y empezar a crecer según su propio rumbo.

Esta decisión es el primer paso.

> Que cada uno de vosotros sea su propia isla,
> cada uno su propio refugio.
>
> BUDA

La supuesta inutilidad del saber

> Los jóvenes leen en las bibliotecas creyendo que es su
> deber aceptar el pensamiento de Cicerón, Locke o Bacon,
> y olvidan que cuando ellos escribieron esos libros eran
> sólo jóvenes de bibliotecas en las que no existían todavía
> esos libros.
>
> R.W. EMERSON

Dada nuestra tendencia a sobrevalorar lo práctico y lo útil,
solemos despreciar la actividad reflexiva, la filosofía o la
meditación. Cotidianamente nos cruzamos con personas
que consideran improductivo todo lo que no conduzca a
resultados tangibles, evidentes e inmediatos. Sobran los
ejemplos y las señales de cómo se considera al saber una virtud inútil y culturalmente prescindible.

- Los especialistas en programas educativos suelen reducir y acotar el estudio de filosofía, sociología y ética en

los planes de estudio oficiales de las escuelas primarias y secundarias. Esta tendencia, que me inquieta, expresa la postura de muchos que consideran que las asignaturas de humanidades son disciplinas prescindibles.

- Voces de poderosos e influyentes de la sociedad demandan, valoran y remuneran más a aquellos que exhiben mayores conocimientos técnicos o especializados.
- Los gobernantes demandan especialistas en estadística y tecnócratas, expertos en economía o en demagogia, pero nunca pensadores (y mucho menos sabios... ¿Dónde los buscarían?).
- Para la mayoría, la filosofía ha llegado a ser considerada algo abiertamente inútil y la sabiduría un reino inaccesible. De ambas se sospecha que pocas cosas importantes pueden obtenerse.
- Los filósofos y los hombres y mujeres más sabios, salvo excepciones, suelen apartar la mirada ante este hecho, sin asumir la responsabilidad de lo mucho que tienen que decir y la gravedad de callarlo.

Habrá que tener cuidado. Si se avala el descrédito del saber y se menosprecia el valor del pensamiento crítico, lo que es una moda o un capricho de un dirigente no tardará en volverse una ideología que nos penetre sin darnos cuenta.

> Una sociedad sin críticos en el horizonte es siempre una sociedad amenazada, un caldo de cultivo para la manipulación y el autoritarismo.

Muchas veces siento que los ideales que animan a algunos jóvenes, asumidos como verdades y valores, individuales o colectivos, son en realidad establecidos y transmitidos por los creativos de las agencias publicitarias o por los compositores de música de moda para vender sus productos en ese mercado cada vez mayor.

Para comprender nuestro rechazo a todo lo que consideramos inútil (aunque sea injustamente), la mitología nos cuenta el drama de Sísifo, a través de la pluma de Albert Camus.

El mito de Sísifo

Sísifo era, según Homero, el poeta que narra la historia, el más sabio y prudente de los mortales. No obstante, tenía cierta inclinación por los bienes ajenos y cierta fascinación por la estafa y el engaño. Mientras él era gobernador en Corinto, la bella Egina fue raptada por Júpiter, el Dios supremo del Olimpo.

Asoepus, el padre de la joven, salió en su búsqueda desconcertado por su desaparición. Llegado a Corinto, Sísifo, que sabía del rapto, se ofreció a informar sobre él a Asoepus, con la condición de que diese agua a la ciudad, pues ésta padecía de una sequía que amenazaba la vida de todos sus habitantes.

Asoepus se enteró así de la perfidia de Júpiter y rescató a su hija. Por su delación, los dioses juzgaron a Sísifo y Júpiter lo condenó a muerte.

En el poema, Homero cuenta cómo el astuto Sísifo consiguió encadenar a Thanatos (la Muerte misma), logrando así volverse inmortal.

Los dioses no toleran el desafío de los humanos, quizá por eso atraparon a Sísifo una vez más y por la fuerza lo llevaron a los infiernos, donde estaba ya preparado su castigo. Una condena que sirviera de ejemplo para que a nadie más se le ocurriera perjudicar a uno de los dioses.

Sísifo debía empujar sin cesar una enorme roca hasta la

cima de la montaña. Al llegar allí, la piedra rodaría hacia abajo hasta el valle, desde donde el trabajo debía recomenzar.

Júpiter había pensado, con fundamento, que no hay castigo más terrible que el trabajo inútil y sin esperanza.

* * *

Imaginémonos portadores de una cámara en un extraño telediario mitológico. Hemos sido elegidos para cubrir la noticia del héroe frente a su desafío.

Nos acercamos al Monte Hades. Allí está Sísifo, el cuerpo casi desnudo, el rostro crispado, la tensión en los brazos, un hombro y la cara aplastados contra la roca, el pie hundido en el fango, empujando. Vemos en sus manos todo el esfuerzo del cuerpo para empujar la enorme piedra, tenso para hacerla rodar, luchando para lograr que suba por la pendiente cien veces recorrida.

Al final de esta escena, en un tiempo infinito, parece alcanzarse la meta.

Sísifo ve, y nosotros con él, la cima del Hades, el lugar donde debe depositar finalmente su piedra.

Pero, qué extraño designio: sus fuerzas se agotan.

Justo en ese momento, ni antes ni después: ahí.

Siente que no puede más...

La roca resbala de sus manos cansadas y sangrientas y el héroe contempla cómo la piedra desciende en apenas instantes hacia el mundo inferior, desde el que deberá volver a subirla...

Se ha comprendido ya que Sísifo es el héroe absurdo. Lo es tanto por sus pasiones como por su tormento. Su desprecio hacia los dioses, su odio a la muerte y su apasionamiento por la vida le valieron ese suplicio indecible en el que todo el ser se dedica a no acabar nada.

Si este mito es trágico, lo es sobre todo porque su protagonista tiene conciencia de lo inútil de su tarea. ¿En qué consistiría, en efecto, su castigo, si a cada paso lo sostuviera la esperanza de conseguir su propósito?

El obrero actual trabaja durante todos los días de su vida en las mismas tareas y su destino no es menos absurdo, pero se vuelve trágico sólo en los raros momentos en que se hace consciente.

Sísifo, proletario de los dioses, impotente y rebelde, conoce toda la magnitud de su condición miserable: en ella piensa durante cada descenso...

Tal como Camus nos obliga a pensar, lo terrible del castigo no
radica especialmente en que es eterno, ni en el tremendo
esfuerzo que exige a Sísifo, ni en la arbitrariedad y sinsentido
de la tarea, sino en su conciencia de lo inútil de su esfuerzo. Es
esta conciencia la que lo lleva a la desesperación y la locura.

Volvamos, pues, a nuestro tema: la sabiduría.
Trabajar por ella pensando que es una ardua tarea, un
trabajo que no lleva a ningún resultado trascendente, tiene
siempre sabor a esfuerzo injustificado y desechable.
¿Será útil la sabiduría?
El problema empieza antes. Empieza por definir a qué
vamos a llamar útil.

Algo es claramente útil cuando se constituye en un medio
para lograr un fin, es decir, el valor que posee se deriva de los
resultados prácticos que posibilita.
En tal sentido lo útil es siempre intercambiable por otra
cosa que cumpla la misma función. Puedo prescindir de un
martillo y utilizar en su lugar una piedra; puedo prescindir
de una brújula y orientarme contemplando las estrellas o el
curso del sol.
Las actividades utilitarias aumentan nuestro haber, nuestras posesiones: a través de ellas adquirimos todo tipo de
logros, de posesiones materiales o sutiles, y desarrollamos
nuestras habilidades físicas y psíquicas.
Existe también una utilidad superior a la instrumental: la
denominada «intrínseca». Es la utilidad propia de las cosas,
estados o actividades que son un fin en sí mismas, donde lo
útil se refiere al ser.

Contemplar la belleza,
jugar,
conocer,
amar,
crear,
imaginar...

... son actividades y estados que poseen esta otra forma de «utilidad».

Obviamente, creo que habría que agregar a la lista la búsqueda de sabiduría.

Indagar en la verdad no tiene utilidad extrínseca, aunque está muy lejos de ser inútil. La inclinación al saber es un impulso acorde con nuestra naturaleza humana e indisociable de ésta: toda persona ansía profundamente ver y comprender; todos sentimos como indeseables la ceguera, la ignorancia y el engaño.

El que se conmueve ante la contemplación de algo profundamente bello sabe que su contemplación es un tesoro; no necesita tasadores que le confirmen el valor o la utilidad de su experiencia.

Jean Cocteau solía asegurar:

«Sé que la poesía es indispensable,
pero no sabría decir para qué».

El ser humano tiene una profunda necesidad de sentido. Pero el que enfrenta su vida y sus actividades como Sísifo, tratando de convertir todo en algo beneficioso, termina cayendo en el más profundo vacío existencial.

El mito de Sísifo parece decirnos que las actividades estrictamente utilitarias, aunque sean exitosas, terminarán igualmente marchitando nuestro espíritu.[14]

El sabio, a diferencia de Sísifo, se consagra desinteresadamente a la verdad. Es aquel que investiga con disponibilidad y atención las claves de la existencia.

> El sabio quiere la verdad por ella misma, no por su posible provecho, sus resultados o sus frutos. La verdad se ha simbolizado tradicionalmente como una mujer desnuda, con nada para ofrecer más que ella misma.

La mayoría de los humanistas pensamos que la esencia del saber es su carácter libre y, precisamente por eso, su valor no se deriva de su potencial.

Si dijéramos que uno de los fines de la sabiduría es nuestra transformación profunda estaríamos mintiendo. El fin de la sabiduría es el saber, y si alguna transformación pudiera ocurrir en su búsqueda, eso no significa que ella sea el medio para lograrla.

> Si la definiéramos como gestora de ciertos resultados, la sabiduría se volvería dependiente de ellos.[15]

Si queremos ver los progresos de un gimnasta, no le preguntamos por sus pesas sino por el estado de sus músculos.

14. Aunque también insinúa, por qué no decirlo, que la inmortalidad podría terminar haciendo de toda tarea un esfuerzo inútil, un sinsentido, una actividad absurda y enajenante.

15. Ya vimos cómo una sabiduría autorreferencial y hermética, relegada a unos pocos especialistas, se volvería, como le pasó a la filosofía, una sabiduría «florero» servidora de la discriminación, la destrucción y el caos.

Del mismo modo, si queremos saber si alguien es un verdadero sabio, no nos vale que nos muestre lo que ha aprendido, su arsenal de erudición, su tener o haber intelectual, sino lo que ha visto por sí mismo, lo que irradia su propio ser, la manera como vive y actúa.

EPÍCTETO

¿Cómo nos daremos cuenta de que estamos en el camino hacia la verdad y la sabiduría?

Casi todos los que lo han encontrado nos hablan de las mismas señales vivenciales:

- **descubrimiento de una absoluta paz interior,**
- **transformación profunda que no ha sido buscada ni esperada,**
- **cambio ascendente y permanente de nuestro nivel de conciencia,**
- **certeza de unidad que trasciende a la persona,**
- **marcado aumento de la alegría.**

Yo no soy un sabio y posiblemente nunca lo sea, pero dedico mi tiempo y mi energía a ayudar a que otros sientan el deseo y tengan la fuerza de convertirse en tales.

Suelo decir de mí que no soy un psicoterapeuta, que ya no trabajo como médico y mucho menos como psiquiatra. Soy, como he dicho antes, un ayudador, alguien que decidió hace mucho compartir lo aprendido con el fin de facilitar la tarea de los que vengan detrás.

Lo hago lo mejor que puedo, que seguramente no es lo mejor que se puede hacer, pero exijo comprensión: trabajo con mis propias limitaciones, que no son pocas.

Intento conseguir para cada persona con la que me vinculo profesionalmente el deseo de una vida más sana, más comprometida, más inteligente, más sabia.

No soy una persona religiosa. No soy ningún santo. No soy un místico, ni siquiera un ser tremendamente espiritual; pero intento cada día, desde hace años, acercarme a la sabiduría de los que saben y, si puedo, ayudar a alguien a que se acerque también a este camino.

Terapia, docencia, educación: todo se trata de empujar cariñosamente a otros...
- a ser más conscientes,
- a ser más libres,
- a quererse más a sí mismos,
- a elegir cada vez más lo que armonice mejor con su esencia.

Shimriti

Primera parte

En un extraño reino mitológico existía una estación de trenes llamada La Ignorancia.

Más que una estación era el punto de partida de un tren que salía de vez en cuando con destino incierto y pasaje de ida únicamente.

Alrededor del viejo edificio, construido junto al primitivo andén, se extendía por propio crecimiento demográfico la enorme ciudad, del mismo nombre, poblada por miles y miles de personas, en general amables, cordiales y simples: los ignorantes.

Los ignorantes tenían una característica especial que los hacía únicos en su género y los diferenciaba sin orgullo de sus vecinos, los pobladores de Nec. Los ignorantes no sabían que no sabían.

Aunque para cualquier visitante ocasional resultaba obvio que era mucho lo que ellos no sabían, los pobladores simplemente lo ignoraban. Sin tozudez, lo ignoraban; sin petulancia, lo ignoraban; sin antecedentes, lo ignoraban; sin vergüenza, lo ignoraban.

De hecho, si preguntabas a algún lugareño:

—¿Tú sabes cuánto es dos más dos?

Contestaba con una sonrisa:

—No sé.

—¿No sabes cuánto es dos más dos? —volvías a preguntarle incrédulo.

—No sé —repetía el lugareño. Y aclaraba con dulzura—: No sé si lo sé.

Y el mismo diálogo podía reproducirse si preguntabas por trigonometría, literatura, historia etrusca o bordado.

Un día llegó al pueblo un visitante con una aspiración particular: venía empeñado en sacar a los ignorantes de su estado. Traía una tarima para hablarles a todos en la plaza. Cuando vio que ya había un grupo considerable, tomó un megáfono e invitó a todos los que quisieran salir de la ignorancia para siempre a reunirse en la estación del tren a la mañana siguiente.

El discurso fue bonito, pero nadie respondió a la invitación. El hombre, que no entendía lo que había sucedido, se acercó a la gente y preguntó:

—¿Por qué no habéis venido?

—¿Para qué íbamos a querer irnos de aquí, si aquí estamos bien?

—¿Cómo que para qué? —dijo el hombre—. Para dejar de ser ignorantes.

Los ignorantes nunca entendieron el razonamiento del extranjero: dejar el lugar donde habían nacido con el propósito de «dejar el lugar donde habían nacido» era extraño, aunque por supuesto no se enojaron con el visitante; se encogieron de hombros y, a partir de entonces, lo ignoraron.

Seguramente fue él quien pidió al gobierno que mandara una delegación del Ministerio de Educación para hacer una campaña educativa.

A lo largo y ancho de la ciudad se montaron casetas con altavoces a todo volumen desde donde locutores y locutoras hablaban a los habitantes del pueblo sobre la posibilidad de emigrar. Sostenían que había un mundo mejor, el mundo del saber, del conocimiento y del desarrollo intelectual. Les aseguraban mejores salarios y más posibilidades.

Los ignorantes seguían encogiéndose de hombros.

Los funcionarios les preguntaban de uno en uno:

—¿Es que no quieres saber más?

—No sé... —contestaban—. No sé si quiero.

Las casetas se mantuvieron durante un mes más. Los delegados imprimieron panfletos, iluminaron las calles, organizaron festivales y subieron el volumen de los altavoces. Pero nadie hizo caso: nadie sabía si quería subirse al tren y, por lo tanto, nadie lo hacía.

Una mañana, sin aviso, los funcionarios partieron dejando las calles sucias y las esquinas ocupadas con las casetas vacías interrumpiendo el tránsito de peatones. Los nativos, como no sabían desarmarlas, las incorporaron al paisaje y al poco tiempo dejaron de darles importancia.

Unas tres semanas más tarde llegó a la ciudad un séquito de guardianes y más funcionarios (éstos con traje negro y corbata) que acompañaban a Su Excelencia, el Ministro de Educación en persona.

Sin hablar con nadie, el Ministro y sus asesores caminaron aquella tarde por las calles de la ciudad y emitieron un informe al Jefe de Estado. En él contaban la grave situación de aquel pueblo de ignorantes y pedían permiso para actuar tan enérgicamente como fuera necesario para revertir el problema.

El Jefe de Estado (que se había olvidado de que él también había nacido en La Ignorancia) contestó inmediatamente aprobando el «Plan de Alfabetización de Ignorantes» que el Ministro debía instrumentar, ejecutar y documentar.

Sumamente interesado en cumplir su misión, el Ministro dictó una ley de emergencia «conocimiéntica» y decretó que era obligatorio dejar de ser ignorante.

Pidió ayuda al Ejército y a la división de perros policía y estableció un cronograma alfabético (ordenando los apellidos de los habitantes) según el cual los ignorantes debían presentarse en la oficina de alfabetización para acordar la fecha en la cual se comprometían a abandonar definitivamente La Ignorancia.

Nadie se presentó nunca.

Quizá fue por la resistencia al cambio (para la cual no hace falta ser muy instruido), aunque probablemente se debió a que la mayoría de los pobladores no sabía leer, por lo que nunca pudieron enterarse de cuál era la inicial de su apellido y mucho menos la fecha en la que les correspondía presentarse.

La represión que siguió fue tan brutal como inútil. Los pocos que eran atrapados, encarcelados y luego enviados a las escuelas de la ciudad vecina nunca llegaban a destino. Los ignorantes, maltratados y golpeados, escapaban cuando intentaban obligarlos a subir o se tiraban del tren en marcha.

El proyecto terminó de desmoronarse cuando un grupo de extranjeros opositores al Jefe de Estado puso una bomba en las oficinas del Ministro.

Al día siguiente, la delegación cultural recogió sus cosas y se marchó.

Fue entonces cuando, antes de cerrar la puerta de la limusina que lo llevaría a Nec, dirigiéndose a la multitud, el Ministro exclamó:

—¡¡¡Ignorantes!!!

Y la gente lo vitoreó creyendo que era un simple saludo de despedida...

Se organizó una gran investigación del atentado pero, como era de esperar, todos los habitantes ignoraban quién podía ser el responsable de lo sucedido.

Pasó mucho tiempo antes de que alguien volviera a hablar de educación en La Ignorancia. Hasta que un día, llegó al pueblo un maestro.

Éste era un maestro de verdad y no un falso maestro, así que al poco de llegar se dio cuenta de lo que sucedía. ¿Por qué querrían aprender los que ni siquiera sabían lo que no sabían? ¿Cómo se llegó a pensar, en los ministerios, que se podía ayudar a alguien forzándolo a aprender?

El maestro se quedó un tiempo con los ignorantes. Muchos ni siquiera notaban su presencia, algunos desconfiaban de él, y otros empezaron a sentirse felices por su compañía. Cada mañana el extranjero iba a la plaza con un montón de globos de todos los colores que regalaba a los niños que se acercaban y, mientras los pequeños jugaban, el maestro charlaba con los padres, los abuelos o las niñeras que acompañaban a los niños. Una de ellas llegó a ser, con el tiempo, su primer pasajero.

—¿Por qué haces esto? —le preguntó ella.

—¿Por qué hago qué? —contestó el maestro—. ¡Ah! Esto... Creo que porque me interesa compartir algo bueno que tengo, unos cuantos conocimientos.

—¿Y qué es eso?

—¿No lo sabes?

—No sé si sé.

—Digamos que es algo que me ha servido mucho para hacer muchas cosas... —Y, haciendo una pausa insinuó—: Y a ti también te serviría.

—¿A mí?

—Sí. A ti y a cualquiera.

—¿Por qué me lo dices solamente a mí?

—Porque me importas —contestó el maestro con sinceridad.

—¿Eso es el amor del que tanto hablas, el que empuja, según dices, tantas cosas?

—Sí. Eso es el amor.

—¿Por qué debería creerte? Yo no sé si aprender será bueno para mí.

—No, no lo sabes, pero sí sientes que me interesa tu bienestar. ¿Verdad?

—Sí, eso lo siento en mi interior.

—Entonces, el día que quieras, vendrás al tren y subirás conmigo, de mi mano, porque yo te invito y porque sabes que solamente quiero tu bienestar.

La tarde en que Marta subió al tren junto al maestro, lo hizo en efecto apoyándose mucho más en la confianza que en su deseo. Él ya le había dicho que si subía al tren jamás podría volver a vivir en La Ignorancia, y eso, ciertamente, la había inquietado.

—Bienvenida, Shimriti —le dijo el maestro.

—¿Por qué me llamas así? —preguntó Marta.

—Si aceptas empezar este viaje, ése será tu nuevo nombre.

Capítulo tres

La ignorancia

El ignorante es alguien que ni siquiera sabe que no sabe.

El sueño del ignorante

En la oscuridad, como no veo, no sé ni siquiera qué hay ahí. Las cosas suceden pero yo no las veo. A la gente de la oscuridad le encanta dormir y no le gusta ser despertada. Estas personas viven en la ignorancia, y porque no ven, se dejan llevar siempre por lo que otros dicen.

NIETZSCHE

Dice Nietzsche que los ignorantes le recuerdan a los camellos que incorporan lo pasado y lo llevan en su cuerpo. Así como el duro animal acumula enormes cantidades de alimento y agua para su arduo viaje a través del desierto, así el ser humano, al principio, debe almacenar mandatos y costumbres, tiene que cargar con las reglas y repetir los hábitos. Todos empezamos camellos.

Todo empieza, una y otra vez, con nosotros ignorantes hasta de nuestra ignorancia.

En este tiempo nos basta con memorizar, que, por otra parte, es lo único que podemos hacer.

Y, como para memorizar el pasado no es necesario comprenderlo ni aprender a sacar partido de él, al principio no aprendemos ni sacamos partido de nada...

Aprovechar el pasado implicaría poder establecer un juicio de valor sobre estas reglas y costumbres, cosa que en nuestra ignorancia no estamos en condiciones de hacer.

Como he dicho, toda persona empezó siendo ignorante en una primera etapa.

Debiendo decir que sí...

Creyendo todo lo dado...

Tragando sin digerir...

Bajando la cabeza...

Aceptando seguir adelante, pase lo que pase...

Soportando el peso sin quejarse...

Respondiendo a las expectativas de los demás.

Pero esto es sólo el principio del camino y no lo único que hay.

Mientras permanecemos ignorantes recibimos información y la guardamos prolijamente en nuestras alforjas para el viaje en el desierto. Podemos cargar con el pasado pero no podemos utilizarlo como conocimiento, ya que no somos capaces de procesar la información que recibimos del exterior.

Más perezosos que lentos, no sabemos negarnos.

Llegará un momento en que podremos disfrutar de cierta alegría al decir que no, pero por ahora sólo contamos con nuestro «sí».

Un «sí» que ni siquiera es muy profundo porque, sin el «no», el «sí» nunca puede ser muy profundo; es siempre débil y un tanto superficial. Decimos «sí» porque es lo que se espera que digamos, es la actitud que la sociedad nos ha impuesto, es el «sí» de quien se somete a las órdenes de un amo. Ahora podemos comprender que Adán estaba en este estado antes de comer el fruto del árbol del conocimiento: sólo podía decir «sí».

La obediencia y la confianza ciega son siempre, para el ignorante, la única posibilidad de conseguir una recompensa.[16]

A los ignorantes nos gusta la paz, no queremos que se nos moleste, no queremos que suceda nada nuevo en el mundo, porque todo lo nuevo es molesto o por lo menos inquietante.

> Mientras vivamos en «La Ignorancia» estaremos en contra de cualquier cambio. Nos parecerá peligroso y difícil intentar algo nuevo, pues esto implicaría enfrentar el miedo y ser creativos.

Ambas cosas implican acción e incomodidad con resultados que no podemos prever por nuestra propia ignorancia. Y no es que estemos cómodos en «no hacer» ni en decir siempre «sí», pero estamos acomodados. Si bien no es lo mismo, es bastante más placentero que la incomodidad de correr riesgos.

El «ignorante triunfador»

> El ignorante es siempre un esclavo del pasado, un servidor del poder, un camello llevado por quien lo monta, y lo único que posee es memoria.

16. Cuidado: esto no quiere decir que obedecer o confiar sea exclusivo de los ignorantes.

Un sometido siempre actúa en virtud y sintonía con el paquete de creencias que otros le han enseñado.

En esta primera etapa, la del ignorante, no hay más que impotencia y dependencia, porque siempre hay otro más importante que el propio ser a quien cuidar y priorizar. Padre, madre, escuela, religión, sociedad o institución, todos encarnan el *deber ser*.

> Solamente te dejarán libre de presiones cuando te hayas convertido en un «ignorante triunfador».

Allí eres un perfecto ignorante y la sociedad ya no necesita hacer nada. En ese punto de perfección termina el trabajo de la sociedad, de la escuela, del colegio, de la universidad.

Te has convertido en un ignorante estrella, con título y todo, como he sido yo. A veces con renombre y celebridad, otras con dinero e influencia, muchas con un poder aparente, que en realidad es el eco de otros poderosos que dan las órdenes a tus espaldas (aunque a estas alturas no te moleste porque lo ignoras).

La dependencia de los ignorantes

Los que viven en la ignorancia han desarrollado por instinto dos maneras de depender: la que resulta de mirar a otros e idolatrarlos y la de los pseudo protagonistas, que necesitan ser mirados para ser.

Durante una larga etapa de tu vida, todas las personas que te rodean son, para ti, meros testigos de tus movimientos. Siempre eres consciente de que te observan, te das cuenta de que te analizan, sientes que te juzgan y de ahí proviene el miedo. Con tantos ojos observándote, quedas reducido a un objeto.[17]

«Sujeto» es lo que subyace, lo que está por debajo, en el interior, lo que sujeta o sustenta todo lo exterior, la cara oculta tras las apariencias.

Un bloque de granito o de hierro es una cosa, un objeto, no esconde en su interior más que hierro o granito. Un sujeto es tal cuando bajo su fachada corporal esconde una interioridad.

Entre los ignorantes no hay ninguna subjetividad. Nada hay dentro diferente de lo que hay fuera. Por el momento es, de una u otra manera, una cosa.

Una cosa llena de miedos y de dudas.

Puede que los demás no lo aprecien; puede que no alimenten su ego; puede que no gusten de él; puede que lo rechacen. Ha quedado en sus manos, reducido a esclavo dependiente, y tiene que actuar de manera que obtenga su aprecio; tiene que reforzar el ego de los demás con la esperanza de que ellos, en respuesta, refuercen el suyo.

De pronto, se convierte en alguien que vive para los demás, porque se siente realizado si los otros están contentos con él.

Hace concesiones continuamente y vende su alma con un sencillo propósito: fortalecer su ego, hacerse famoso, ser popular.

Son los ignorantes pseudo protagonistas y dependen de la mirada ajena.

Están alegres pero no son felices. Alguien los mira, alguien los está filmando, alguien los mirará después...

Toda relajación desaparece. Toda la tranquilidad se ha esfumado. Dependes de tus testigos.

17. Cuando eres actor, cantante u orador, antes de aparecer en público sientes pánico escénico. Ese miedo no sólo lo sienten los principiantes, sino incluso aquéllos que han pasado toda la vida actuando. Cuando subes a un escenario te surge un gran temblor, un gran miedo. ¿Podrás con ellos esta vez? ¿O no?

> Algunas religiones que necesitan seguidores ignorantes han creado mucho miedo en la gente —y no ha sido «sin querer»— planteando la imagen de un Dios que vigila constantemente, día tras día, noche tras noche. Quizá tú duermas, pero él no duerme; él sigue sentado en tu cama y vigila. Y no sólo te vigila a ti, sino que vigila tus sueños y tus pensamientos.

Puedes ser castigado eternamente no sólo por tus actos, sino también por tus sueños, por tus deseos, por tus pensamientos y hasta por tus sentimientos más ocultos.[18]

No se te permite ni un solo momento de privacidad para que puedas ser tú, sin testigos.

Esta es una gran estrategia si se pretende reducir las personas a cosas. Sobre todo si las futuras víctimas quieren ser manipuladas en beneficio de unos pocos.

Una religiosidad diseñada para ignorantes nos enseñaría que el espíritu propio y natural es un mal consejero. Sostendría para nosotros, desde que somos pequeños, que la obediencia a una autoridad externa es garantía de andar en vereda. Nos diría que sólo podemos conocer la voluntad divina a través de quienes dicen ser sus intermediarios y que es preciso aceptar a pie juntillas enseñanzas y doctrinas ya fijadas como acto de fe, aunque no hayan sido y nunca puedan ser contrastadas por nuestra experiencia directa. Y si no asentimos a ellas sin más, será prueba de que nos falla la fe o de que carecemos de humildad, por lo cual mereceremos ser víctimas de la ira del Supremo o de la maldición del falso profeta de turno.

18. Solamente recordar la cárcel diseñada con el nombre de *El Panóptico* me hace temblar.

Esta inescrupulosa actitud es utilizada en nuestra sociedad para atraer a los ingenuos, soñadores, idealistas, inmaduros o débiles de espíritu, a los que se transforma sin demasiado trabajo en personas dóciles, carentes de autoestima y perfectamente manipulables.

> El que se siente inadecuado o tiene miedo y necesita mendigar aprobación, se convertirá fácilmente en esclavo si consigue con ello que le proporcionen desde el exterior la seguridad psicológica que ha perdido.

Todo esto puede llegar a niveles de mucho peligro para una comunidad: ignorantes espíritus esclavos utilizables que son mostrados como virtuosos o esclarecidos servidores de una causa noble y superior. Ignorada esclavitud a la que se llama humildad, convicción, fe ciega, compromiso o comunión (para conseguir soldados de la causa del bien que sean capaces de matar y destruir en defensa del mundo de «la virtud»).

El proceso educativo actúa, en ocasiones, de forma análoga. Con demasiada frecuencia, el alumno que mejor repite lo que sus profesores quieren que repita es premiado y reconocido. Si es exagerado, esto puede hacer creer a un alumno que el carácter complaciente y acomodaticio es la mayor de las virtudes y que la imitación es símbolo de inteligencia.

Esta es la actitud que fomenta volverse un mero testigo imitador dependiente de aquéllos que nos señalan lo que es correcto hacer, sentir y pensar según lo mande la teoría más en boga.

> El sabio nunca defiende una teoría, porque no cree que la realidad sea traducible a fórmulas o ideas y porque tampoco cree que la verdad se pueda poseer. Sencillamente dice lo que piensa con toda sinceridad y calla lo que no quiere decir, también con toda sinceridad.

Abandonar la identidad

Durante muchos años de mi vida profesional defendí encarnizadamente la distinción entre ser solamente un individuo y ser una persona. En aquel momento yo relacionaba la persona como estructura con identidad propia y hablaba de «ser idéntico a uno mismo». Hace cinco años empecé a cuestionarme esta idea, en principio desde lo semántico. Todo empezó con John Welwood, a quien leía mientras trabajaba con Silvia Salinas en el libro *Amarse con los ojos abiertos*.[19] Allí encontré por primera vez la idea de la identidad como condicionamiento perverso. Para Welwood, la identidad se relaciona con lo estático de la persona, con la rigidez de la conducta, con ser siempre el mismo y responder a un esquema desarrollado con la educación y no con la evolución.

Empecé a asociar «identidad» con «identificación», y a ésta con la idea de ser idéntico a un modelo trasladado como mandato. Entonces me di cuenta de que el concepto de identidad se derrumbaba de aquel lugar deseable y caía hasta este que hoy ocupa como enemigo del dinamismo de las personas sanas.

19. RBA Integral, Barcelona 2003.

> En el sentido en el que hoy la entiendo, la identidad es, de alguna manera, el resultado de un gran empeño de nuestra época de ignorantes y también, paradójicamente, el emblema de nuestra cárcel.

En la ignorancia se defienden pocas cosas, pero una de ellas es el derecho a tener una identidad claramente definida.

Después de todo lo caminado, el concepto de identidad ha perdido aprobación en mis esquemas referenciales. Ya no me gusta porque desde esta definición no es el resultado de nuestro crecimiento interno, sino el resultado final del cóctel de introyectos y mandatos que otros han configurado para mí.

> Mi identidad es el yo amaestrado, es Adán antes del Paraíso, es el mono de circo que hace lo que no quiere para agradar a quien lo alimenta.

Esta identidad, al menos, es producto de mi actitud sumisa y no el resultado del desarrollo de ser yo mismo.

En la soledad total, en la cima de una montaña o en medio de un bosque, ¿quién eres? ¿Qué tienes? ¿A qué te dedicas?

En tu soledad total, ¿quién eres? ¿Una persona muy importante o simplemente un don nadie?

En tu soledad no eres ninguna de esas dos cosas.

Para ser cualquiera de ellas necesitas los ojos de otro.

Necesitas compararte. Si no hay nadie para apreciarte o para condenarte, si no hay nadie para aplaudirte ni para abuchearte, si no hay nadie excepto tú mismo...

Tú no eres una cosa ni la otra.
Tú eres, pero no lo que vean en ti otros.
Eres.

El ignorante lucha, trabaja, se esfuerza y se entrena para conseguir afirmar su identidad. Necesita que alguien lo condicione, que alguien le mande, que alguien le diga algo bonito de vez en cuando, que alguien lo defina.

Un ignorante se cruza con un conocido en la calle.
   El otro le dice:
   —¿Qué tal?
   El ignorante contesta:
   —Usted muy bien. ¿Yo cómo estoy?

El otro tiene tus ojos, el otro es el que te sabe, el otro te dirá qué hacer y te aprobará si lo haces bien. Y si pides atención o cuidados, deberás pagar por ello.
   Cuanto más dependes, cuanta más atención reclamas, más tiendes a convertirte en una cosa, más debes parecerte a lo que los otros quieren que seas.
   Si quieres admiración y halagos de la mayoría, tendrás que ser obediente con la sociedad y sus demandas, tendrás que vivir de acuerdo con los falsos valores de esa mayoría de la que esperas el aplauso.

La admiración, asegura Ambrose Bierce, es la confirmación de que el otro se parece a uno. Si necesitas de su valoración y reconocimiento, deberás pensar como todos, aunque ellos no piensen.

Si no eres tonto, no será difícil convertirte en un referente, en un ídolo, en un santo. Lo han hecho cientos de personas a las que la sociedad respeta; han sacrificado todo, se han torturado, se han suicidado, para conseguir que la gente los adore.

Si lo que quieres es adoración, respetabilidad, santidad, aplauso, entonces te volverás más y más falso, más y más de plástico.

En estos tiempos en que alguien exclama a tu lado: «¡Qué hermosa flor, parece de plástico!», tú te convertirás, si te esfuerzas mucho, pero mucho, mucho, en la más hermosa de las flores del planeta. Y serás... de plástico.

Te han enseñado valores que no son valores de verdad.
Te han enseñado cosas que básicamente son veneno.
Te han enseñado a no amarte a ti mismo.
Te lo han repetido tantas veces, que la cuestión parece ser un simple hecho, una verdad.

Pero un hombre que es incapaz de amarse a sí mismo será incapaz de amar a ningún otro. El hombre que no puede amarse a sí mismo no puede amar en absoluto.

Te han enseñado a ser altruista y nunca egoísta. Y la cosa aparenta ser muy hermosa, pero sólo lo aparenta. En realidad, esa enseñanza está destrozando tus raíces. Sólo una persona verdaderamente egoísta puede ser generosa. Si no puede quererse a sí mismo, ¿cómo va a querer a otro? El mundo del ignorante es un cúmulo de creencias y nada más. El que pertenece a este grupo vive con miedo. Tiene que demostrar que aquello en lo que cree es verdad. El que cree en lo que no sabe pero, no obstante, lo acepta como verdad, no ha nacido todavía.

Para salir de la ignorancia, lo primero es abandonar los prejuicios. Poder tener una mirada imparcial —no digo objetiva, digo no tendenciosa— para llegar a tener una visión más grande. ¿Cómo vamos a saber jamás qué es la «Verdad» si ya hemos decidido que debería ser solamente lo que ya conocemos?

Si operas desde una conclusión previa, nunca llegarás a la «Verdad». ¡Nunca!

Rabindranath Tagore ha escrito un hermoso relato sobre Buda.

Buda regresa al palacio de su padre

Durante doce años, Buda vagó por los bosques haciendo diferentes prácticas espirituales y meditando. Y al final llegó el día del regocijo supremo y, sentado debajo de un árbol, se iluminó.

Lo primero que recordó fue que tenía que volver al palacio para comunicar la buena noticia a la mujer que lo había amado, al hijo que había dejado atrás y al anciano padre que cada día esperaba que volviera. Éstas son cosas tan humanas que se llevan en el corazón, incluso en el de un Buda.

Después de doce años, Buda regresó. Su padre estaba enojado, como cualquier padre lo estaría. No pudo ver quién era Buda ni pudo ver aquello en lo que Buda se había convertido. No pudo ver su espíritu, que era tan patente y claro. El mundo entero se daba cuenta, pero su padre no podía verlo. Su padre lo recordaba con su identidad de príncipe, pero esa identidad ya no estaba ahí. Buda había renunciado a ella.

De hecho, Buda dejó el palacio precisamente para conocerse a sí mismo tal y como era. No quería distraerse con lo que los otros esperaban de él.

Pero su padre lo miraba ahora a la cara con los ojos de hacía doce años.

Le dijo:

—Soy tu padre, y aunque me hayas hecho mucho daño, aunque me hayas herido profundamente, te quiero. Soy un anciano y estos doce años han sido una tortura. Tú eres mi único hijo, y he intentado seguir vivo hasta que regresaras. Ahora estás aquí. ¡Toma, hazte cargo del palacio, sé el rey! Aunque a ti no te interese, déjame descansar. Ya es hora de que yo descanse. Has cometido un pecado contra mí, casi me has asesinado, pero te perdono y te abro las puertas.

Buda se rió y dijo:

—Padre, date cuenta de con quién estás hablando. El hombre que dejó el palacio ya no está aquí. Murió hace mucho tiempo. Yo soy otra persona. ¡Mírame!

Y su padre se enojó todavía más.

—¿Quieres engañarme? —dijo—. ¿Crees que no te conozco? ¡Te conozco mejor de lo que nadie te pueda conocer! Soy tu padre, te he traído al mundo; en tu sangre circula mi sangre, ¿cómo no voy a conocerte?

Buda respondió:

—Aun así, padre. Por favor, comprende. He estado en tu cuerpo, pero eso no significa que me conozcas. De hecho, hace doce años ni siquiera yo sabía quién era. ¡Ahora lo sé! Mírame a los ojos. Por favor, olvida el pasado, sitúate aquí y ahora.

El padre, aún así, dijo:

—Te he esperado durante todos estos años y hoy me dices que no eres el que fuiste, que no eres mi hijo, que te has iluminado... Respóndeme entonces tan sólo a una última cosa: sea lo que sea que hayas aprendido, ¿no hubiera sido posible aprenderlo aquí, en palacio, a mi lado, entre tu gente? ¿Sólo se encuentra la verdad en el bosque y lejos de nosotros?

Buda dijo:

—La verdad está tanto aquí como allí. Pero hubiera sido muy difícil para mí conocerla aquí, porque me encontraba perdido en la identidad de príncipe, de hijo, de marido, de padre, de ejemplo. No fue el palacio lo que abandoné, ni a ti, ni a los demás, sólo me alejé de la prisión que era para mí mi propia identidad.

Solamente después de deshacerse de su identidad prestada, condicionada por su educación y los mandatos de aquellos que más lo amaron, descubrirá Buda que está en condiciones de disfrutar de su ser, será por fin libre de su dependencia.

La cárcel imaginaria

Mucha gente cree que es característico del sabio escapar de la sociedad, huir a la montaña, refugiarse en la cueva. El verdadero sabio nunca escapa de la sociedad, más bien se aleja en un intento, siempre doloroso, de renunciar a su identidad.

Durante miles de años hombres y mujeres hemos vivido presos, y a nuestras prisiones les hemos puesto bellos nombres: las llamamos templos, religiones, partidos políticos, ideologías, cultura, civilización, escuelas de psicoterapia, empresa exitosa, fama, poder, honores.[20]

> Por hermoso que sea el nombre de la prisión y por bien que se viva en tu cárcel, tú sabes que estás preso; porque quienquiera que viva conforme a una idea que lo condiciona es su prisionero.

20. Y también les damos nombres horribles: droga, alcohol, fobias, obsesión, cárcel, locura.

Aunque tu celda sea de primera clase,

aunque el patio sea tan grande que tus ojos no lleguen a ver los muros,

aunque la atención en la prisión sea de cinco estrellas,

aunque te prometan permisos de salida cada vez más frecuentes,

aunque las cadenas sean transparentes y no pesen demasiado comparándolas con las de otros,

aunque sea una prisión que aparentemente tú elegiste,

aunque compartas la celda con aquellos a los que más quieres...

Aunque tú no quieras saberlo...

Estás preso.

Nunca entraste en la prisión. Naciste allí y te ordenaron quedarte cuando todavía no eras consciente (y posiblemente todavía no lo seas del todo).

Te condicionaron para que estudiaras, trabajaras, te enamoraras y casaras dentro de la cárcel.

Te entrenaron y te hipnotizaron para que no pudieras ver los barrotes.

Te condicionaron para que creyeras que solamente allí estarías protegido.

Te dijeron que después de todo era lo mejor a lo que podías aspirar.

El día que te enteres de dónde estás, e intentes decirlo en voz alta, los otros, tus compañeros de prisión, te dirán que es mentira. Y te dirán que la verdadera cárcel está fuera de esos muros. Y llorarán al cielo echando maldiciones para todos los que han intentado mostrarte otra verdad.

Y te dirán que la libertad no existe y que fuera está el infierno.

Te mostrarán que allí dentro puedes realmente tener todo lo que desees (menos libertad, claro).

Tratarán de seducirte con premios y aplausos para que quieras quedarte.

Te ofrecerán dinero, sexo y lujos, condiciones «especiales» porque (te dirán) tú eres especial.

Y para impedir que te vayas, te amenazarán con castigo y tortura si no aceptas su oferta.

Y, si de todas maneras te vas, quiero que sepas que... saldrán a buscarte.

Porque fuera tú eres la amenaza.

Vendrán por ti para llevarte de regreso o para mostrar tu cadáver a todos y demostrar con eso que la vida fuera es imposible.

Pero no desesperes, no te asustes... Una vez libre, si tú no quieres, nadie puede encerrarte.

¿Los buenos o los justos?

La sociedad ignorante es hipócrita y siempre quiere más a los buenos que a los justos, aunque lo niega. Acepta más fácilmente la palabra del curandero o del vidente que el diagnóstico certero del médico o el claro análisis de los que saben, aunque se llene la boca de halagos para éstos.

Los hombres disfrutan más con sus amantes y con las prostitutas que con sus esposas, aunque se casan con éstas y no con aquéllas, a las que una vez casados quieren expulsar de sus barrios.

La sociedad es hipócrita, pero no ha empezado a serlo ahora.

Todos hemos estudiado que durante la Revolución Francesa los ideólogos revolucionarios diseñaron el famoso emblema de la revolución: Libertad, Igualdad y Fraternidad. Pero nunca dejaron tan a nuestro alcance el pequeño secreto de la historia... El tríptico original de la época era un poco diferente, era: Libertad, Igualdad y Justicia.

¿Qué pasó con la justicia?
¿Por qué fue cambiada?

Si puedo fantasear apoyándome en los hechos, todo indica que un brusco e irrefrenable deseo de algunos revolucionarios de tener su cabeza pegada a su cuerpo llevó a sustituir la justicia por su nada parecida reemplazante: la fraternidad.

Muchos de los que siguieron entendieron el mensaje.

Para los «patriotas» dirigentes hipócritas e ignorantes de todas las naciones siempre fue mejor enarbolar las banderas de la condescendencia, la caridad, la piedad y el nepotismo que defender la justicia, porque de su mano vendría también inexorablemente un mundo más justo,[21] una más equitativa distribución de las riquezas, un recorte de poder de los poderosos, una cárcel un poco más que imaginaria para los corruptos.

No hay que olvidar que la adulación, la diplomacia, la condescendencia y el disimulo son grandes mentiras;

que la caridad, la beneficencia y la obsecuencia son muchas veces parte de esas mentiras;

que tanto la minimización como la exageración son falsedades;

que toda hipocresía es estúpida y sólo tiene sentido en el trato entre estúpidos o en la manipulación de los ignorantes. Si estás dejando la ignorancia, deja de mentir a la gente que te importa; debes aceptar lo importante que eres para ti mismo y dejar de mentirte. Es cuestión de adiestramiento, de madurez, de conciencia.

21. «Justicia» quiere decir «a cada cual lo que le corresponda».

Pensar y sentir

El darnos cuenta nos pondrá en paz con nosotros mismos, aunque quizá nos enemiste con muchos. Por eso muchas veces volvemos a equivocarnos; muchas veces nos olvidamos de todo lo aprendido y nos lleva tiempo recordar. Eso no es importante: lo que importa es que en el momento en que lo recordemos, y seamos conscientes de que no hemos sido conscientes, no tengamos la necesidad de autorreprocharnos.

El autorreproche es ponerse a jugar con la propia herida; es como meterse un dedo en la llaga. Es desconocer la regla de oro de la conducta humana:

> Cada uno hace siempre lo que le parece mejor con su nivel de conciencia y conocimiento de ese momento.

No hay necesidad de sentirse culpable. La culpa es el autocastigo por no haber sido perfecto. Es creer que deberíamos ser omnipotentes. Es pensar que no podemos equivocarnos.

Posiblemente saber que me he equivocado sea suficiente para ayudarme a crecer. Y creciendo caeré en ese error cada vez menos.

Razonar es una cosa y racionalizar es otra totalmente diferente. No me culpo ni me arrepiento (quizá la próxima vez ni siquiera deba ir corriendo a contárselo a mi analista), pero tampoco me justifico.

Mi mente siempre tiende a racionalizar, como mecanismo de defensa:

«Tenía que ser así...»
«Es culpa de los demás...»

«No tenía otra posibilidad...»
«No soy responsable...»

Al justificar mis errores protegiéndolos de mi crítica adulta, los repetiré, postergaré mi aprendizaje y anularé toda posibilidad de desarrollo.

> No es fácil decidirse a crecer.

Cuando haya un conflicto entre lo superior y lo inferior, lo inferior casi siempre ganará. Si provocas un choque entre la rosa y la roca, la rosa es la que va a morir, no la roca. La roca posiblemente ni siquiera se dé cuenta de que ha habido un choque.

OSHO

Toda nuestra historia está llena de rocas (hábitos, automatismos, mandatos, miedos, modelos y condicionamientos), y cuando empieza a crecer dentro de nosotros la flor de la conciencia, nuestras antiguas piedras encuentran miles de posibilidades de destrozarla.

Solemos confundir «pensar» con «tener conciencia», y no son lo mismo.

> Mientras estamos en la ignorancia, pensar nos conecta con ensayar una y otra vez lo conocido. Puede dar la impresión de que estamos haciendo grandes avances, ¡de hecho cada vez pensamos mejor! Pero los pensamientos no son más que castillos en el aire; la conciencia es una sensación más profunda y holística, es darse cuenta de lo real. Y darse cuenta está siempre más cercano a la emoción que al pensamiento.

Los sentimientos tienen más materia y sustancia que las ideas. Por eso, aunque son en principio capaces de elevarnos, también tienen más peso y nos conectan con lo que de verdad está sucediendo fuera y dentro de nosotros.

Salir de la ignorancia

¿Por qué querría un ignorante (cualquier ignorante o nosotros mismos) salir de la ignorancia en la que vive sin saberlo?

No puede ser por curiosidad, planteamiento excluyente de los buscadores, como veremos cuando hablemos de ellos.

No puede ser por pensar que es mejor el lugar del buscador, porque eso lo ignora.

No puede ser para mejorar su rendimiento, porque el que tiene es el único que conoce, y en todo caso un ignorante sólo compara con lo ya sucedido, nunca con su fantasía.

No puede ser bajo presión, porque eso lo lleva a fingir o a rebelarse, nunca a aprender.

Se suele decir que para recorrer el primer tramo del camino hacia volverte más sabio, tu inteligencia no puede ayudarte, tu trabajo no puede ayudarte, tu dinero no puede ayudarte y tu belleza tampoco lo hará.

Quizás el amor pueda. Y digo «quizás» porque pensar en el amor tampoco ayuda demasiado. En cambio, sentir amor, eso sí te cambiará.

La única razón posible para querer dejar el lugar seguro de la ignorancia es sentir el irrefrenable deseo de seguir a alguien que, con verdadero interés en mi bienestar, me tiende una mano pidiéndome que recorra a su lado un camino desconocido.

Estoy diciendo que la única razón para dejar de ser ignorante es sentir el afecto y la confianza suficientes de un maestro o maestra que nos muestre desinteresadamente su amor por nosotros señalándonos un rumbo. Sólo entonces aprender se vuelve un placer, una experiencia de renacimiento a nuevas experiencias, un juego.

Comparación e intoxicación

Un filósofo danés, Sören Kierkegaard, sostenía que sólo podía ayudar a un lector ignorante si en sus obras podía adoptar la posición de éste, se situaba a su nivel y compartía su punto de partida.

Él quería hablar al lector desde un lenguaje y unos presupuestos que le fueran familiares, quería hacerlo compartiendo con él su visión del mundo y sus prejuicios.

Así, Kierkegaard escribió sus primeras obras (no filosóficas) amparando su identidad en un seudónimo. Él esperaba que en un primer momento el lector se sintiera reflejado en lo que leía y bajara su guardia al ingreso de conceptos de la sabiduría. Al hacerlo entraría en una segunda fase, donde los puntos de vista contradictorios se incorporarían a su vida saltando hacia un nuevo nivel de conciencia.

Para tan difícil tarea utilizó el cuento y la parábola cada vez que quería explicar o establecer un punto importante. En mi opinión, cada uno de sus escritos de esta época es la mano de un maestro amorosamente tendida hacia nosotros proponiéndonos empezar la marcha, invitándonos a aprender más sobre este difícil arte de vivir, dándonos cuenta de la realidad.

Transcribo aquí uno de sus más emblemáticos relatos: *La trampa*. Un cuento para ayudarnos en algún despertar.

La trampa
(un cuento de Sören Kierkegaard)

Había una vez una paloma salvaje; tenía su nido en el bosque cerrado, allí donde el asombro habita junto al escalofrío entre los esbeltos troncos solitarios.

No muy lejos, donde el humo asciende en la casa del labrador, habitaban algunas de sus parientes lejanas: dos palomas domésticas.

Un día hablaban entre ellas de la situación de los tiempos y del sustento. La paloma salvaje decía:

—Soy rica e inmensamente feliz, unos días encuentro mucho alimento y otros, poco; pero siempre hay algo que comer. Hasta la fecha nunca he tenido problemas. Yo confío en la naturaleza y dejo que cada día me sorprenda con su providencia.

Las palomas domésticas levantaron un poco la cabeza y dijeron que «querían lo mejor» para su prima salvaje, y por ello le hicieron ver que en realidad era pobre, que no tenía nada y que vivía en la más absoluta inseguridad, dependiendo del día a día.

Una de ellas dijo:

—Nosotras sí que tenemos el porvenir asegurado junto al labriego con quien vivimos. Cuando realiza la recolección, nos sentamos en la cumbre del tejado y vemos al labriego acarrear un saco de grano detrás de otro hasta el pajar, y entonces sabemos que hay bastantes provisiones para largo tiempo.

Esa tarde, cuando la paloma salvaje volvió a su nido, pensó por primera vez que ella era pobre. Comenzó a mirarse de otro modo, con los ojos de los demás; comparó su modo de vida con el de sus parientes y se le ocurrió pensar que debía ser estupendo saberse asegurado el sustento. Y se lamentó de tener que vivir constantemente en la incertidumbre.

«De ahora en adelante —se dijo—, lo mejor será que vaya pensando en arreglármelas para lograr hacer aunque sea un pequeño acopio de provisiones, que podría ocultar en algún lugar muy seguro para vivir tranquila.»

Desde aquel momento, la paloma salvaje empezó a estar preocupada por el sustento y por el porvenir. Conoció una angustia que no conocía. Y, en lugar de más tranquilidad, cada día conquistaba mayor inquietud.

La realidad frustraba una y otra vez su empeño de amontonar bienestar, y la paloma no volvió a estar contenta; su plumaje empezó a perder colorido y su vuelo ligereza. Todos los días conseguía su sustento, su apetito de alimento se saciaba alguna vez, pero era como si no se saciase, porque su preocupación por el acopio seguía teniendo «hambre»... No podía dejar de pensar en lo que no tenía, hasta que terminó convirtiéndose en una envidiosa de las palomas ricas.

* * *

Pensando y pensando empiezas a intoxicarte con la idea del *deber ser*, con la idea de la comparación, con la idea de tu tenencia o de tu carencia.

- Si siempre que estoy bien pienso que podría estar mucho mejor, estoy intoxicado.
- Si mientras como mi plato de fideos controlo el tamaño del plato que sirvieron a mi vecino, estoy intoxicado.
- Si soy médico y pienso que por eso tengo algún derecho especial, estoy intoxicado.
- Si pienso que por ser cliente de esta tienda debe descuidarse la atención a otro para dármela a mí, estoy intoxicado.
- Si creo que lo que me da derecho a ser bien tratado por

un funcionario público es que pago los impuestos, estoy intoxicado.

- Si creo que es justo que yo no pase hambre porque me he ganado el dinero con el que compro mi comida, estoy intoxicado.
- Si a veces creo que soy el mejor y otras que soy el peor, en ambos momentos, estoy intoxicado.
- Si alguna vez he pensado que soy más o que soy menos, estoy intoxicado.
- Si pienso que por ser cristiano, judío, budista o ateo soy muy diferente de quienes no lo son, estoy intoxicado.

Comparar siempre es tóxico y la intoxicación crónica puede envenenarnos.

Si tú, como yo y como casi todos, has recibido el veneno en pequeñas dosis desde el día en que naciste, tal vez estés adaptado y ni te percates de que el veneno circula por tu cuerpo y anida en tu cabeza.

Mi primera dosis, por ejemplo, vino con la elección de mi nombre;

la segunda, con el color de mi batita de bebé;

la tercera, con la cintita roja que mi madre me ató contra el mal de ojo (porque yo era tan bonito...);

la cuarta, con el apodo con el que me rebautizaron mis tíos;

la quinta, con mi primer «muybiendiezsobresaliente»;

la sexta, el día que mis amiguitos de la escuela me llamaron gordo por primera vez;

la séptima...

Y podría seguir rastreando hasta el día de hoy.

Me he intoxicado lentamente, tan lentamente que me he inmunizado al veneno. Hoy soy tan inmune a la intoxicación que, cuando digo que soy argentino, que soy judío, que soy inteligente o que soy el mejor amigo de Héctor, ni me doy cuenta de que estoy pensando en términos de distinción, en términos de comparación, en términos de discriminación y no de amor.

Todo tipo de competencia es producto de un veneno. Y hay que evitar todo lo que sea tóxico. Hay que evitarlo en el plano físico, en el plano mental y en el plano espiritual.

> El veneno se llama comparar,
> la intoxicación se llama discriminación,
> la enfermedad se llama competencia
> y la adicción se llama obsesión por ganar.[22]

La pasión de espiar y juzgar

En la ignorancia a la gente le interesa encontrar las imperfecciones y los defectos en las cosas ajenas. Espiando por la ventana o mirando por el ojo de la cerradura de los vecinos se sienten un poco mejor consigo mismos.

Lo hacen porque saben que las faltas de los otros los ayudan a disimular las propias. No en vano en todo el mundo triunfan los *talk shows* televisivos (programas donde hombres y mujeres supuestamente comunes se pelean y se insultan frente a una cámara con la ayuda de un presentador y un público que los anima a hacerlo) y los *reality shows* (con un planteamiento hasta casi más *naïve*: jóvenes o actores, parejas o cantantes, conviviendo durante semanas con cientos de cámaras que los espían las veinticuatro horas del día repi-

22. Exitismo.

tiendo esas imágenes para millones de fisgones vividores de vidas ajenas).

«Qué tontos hipócritas, agresivos y dañinos,
qué ignorantes y brutos,
qué malvados y aprovechados,
qué patéticos y ridículos,
qué vanos y superficiales
Qué suerte que son ellos, sólo ellos, los que son así.»

Nos encanta caer en la tentación de salir favorecidos al compararnos con aquellos a quienes despreciamos: «Yo soy mucho mejor que ellos». O «lo que yo hago no está tan mal». La televisión legitima. Sería más saludable evitar llenar nuestra mente de tonterías. Para tener en qué pensar, cada uno de nosotros tiene bastante con lo que ya tiene, y de hecho lo que necesitamos es quitárnoslo de encima y no ir recolectando más y más basura ajena como si se tratara de algo precioso.

Existe un insecto que desde hace mucho me llama la atención. No puedo evitar ver reflejado en su modo de vivir alguna conducta propia y de muchos. Se trata del escarabajo pelotero, también llamado escarabajo estercolero.

Este insecto vive en grandes llanuras donde deambulan animales de gran tamaño: elefantes, bisontes, rinocerontes. Estos animales, después de alimentarse naturalmente, defecan y desparraman sus excrementos por la tierra. Este es el momento esperado por el escarabajo, que rápidamente se dedica a recoger el estiércol y acumularlo en una pelota (de ahí lo de «pelotero») de tamaño gigante, a veces tres o cuatro veces más grande que su cuerpo, que empuja de aquí para allá seduciendo con su fuerza y habilidad a su futura pareja.

Los escarabajos me sorprenden no sólo por su humana actitud de recoger porquería, sino porque la arrastran adonde van y ¡hasta compiten para determinar quién es el que arrastra la bola de estiércol más grande!

> No reflexiones sobre los defectos de los demás, no es asunto tuyo.
> No interfieras en la vida de los demás, no es asunto tuyo.
> No pienses en nada que sea de otros, no es asunto tuyo.
>
> ATISHA

Sin embargo, hay grandes moralistas cuya única dedicación parece ser ver quién está obrando mal. Desperdician su vida entera husmeando el estiércol ajeno, aquí y allá, como si fueran un cruce de escarabajo pelotero y perro policía. Su único oficio en la vida es denunciar quién está obrando de manera censurable. Uno se pregunta cuál será la viga en el ojo propio con tanta paja buscada en el ajeno.

He conocido en mi especialidad algunos colegas que han decidido ser psicoterapeutas por esta misma razón. Un misterio por el que siempre se me interroga en las reuniones más íntimas es el hecho comprobable de que en mi profesión hay más individuos que se vuelven locos que en cualquier otra. «¿Por qué?», me preguntan... ¿Contagio? Seguro que no.

Lo más probable es que la mayoría de nosotros nos hayamos interesado por el fenómeno psíquico al hacernos conscientes en algún momento de nuestro propio grado de locura. Allí decidimos seguramente, por formación reactiva, tratar de encontrar alguna cura para las neurosis, sobre todo la nuestra.

Un buen psicoterapeuta puede ser el que lo ha conseguido, o por lo menos está en camino... Pero, ¿y los otros? ¿Y los que siguen tan neuróticos como antes o los que han empeorado...? ¿Para qué siguen? Ya saben que no podrán librarse de su locura por este camino.

Su única ventaja podría ser, ahora se entiende, conquistar un espacio de poder para conseguir asignar su locura a otros.

No quisiera que creyeras que todos los terapeutas entran en este perfil. De hecho, me parece que son los menos. Pero lo digo para que no creas que nosotros, los trabajadores de la salud mental, nos libramos siempre del fantasma de la proyección.

Tú, que no eres terapeuta y, como dije, no tienes obligación de escuchar los problemas de aquéllos que no te importan, escucha de ellos sólo lo esencial. Sé telegráfico al hablar y selectivo al escuchar. Si hablas menos con aquéllos que consideras inmorales, si escuchas poco a los que se llenan la boca hablando de odio y discriminación, si pierdes menos tiempo escuchando estupideces, verás que empiezas a sentir cierta sensación de limpieza, una apertura, una frescura especial como la que se siente después de tomar un baño de espuma.

Y, de paso, ya que intentas sanear el diálogo, no critiques. Sobre todo nunca critiques el amor ni la confianza. Ni los propios ni los ajenos. Sé crítico con tus opiniones, con tu cabeza y con tu estómago; sé crítico con tu propia crítica, pero no con tu corazón.

Déjate sentir, sobre todo en las relaciones más íntimas, allí donde los sentimientos se sienten más cómodos y se animan hasta expresarse en palabras.

En Occidente, la sociedad urbana va camino de reemplazar la sincera y saludable necesidad de comunicación por el chisme y el rumor. Ellos no representan la necesidad de informar, ni la expresión de una idea, mucho menos un sentir; siempre expresan la vanidosa y a veces destructiva intención oculta de alardear, de manipular, de querer llegar más lejos, de hacer daño anónimamente. Si un chisme rueda de uno a otro se magnificará. Cada persona que transmite un rumor acerca de lo que le pasó a otro le añade algo: un detalle, una mentirijilla, una exageración. Cuando el chisme regrese trayendo algo añadido, cada cómplice del rumor se sentirá estúpidamente poderoso e influyente.

Cuentan que...

El bufón sin gracia

Nasrudín era el bufón de la corte de un gran rey. Un día, en una fiesta, dijo algo muy gracioso, pero el rey se sintió ofendido y le dio un golpe en la cabeza con el cetro. Nasrudín hubiera querido devolverlo, pero golpear al rey era una locura. Así que se aproximó al hombre que estaba más cerca y le propinó una patada en el tobillo.

El hombre, sorprendido, lo increpó:

—¿Por qué me pegas? Yo no te he hecho nada.

Nasrudín respondió:

—Yo tampoco he hecho nada y mira el chichón que tengo. ¿Por qué me preguntas? Yo no he empezado este juego, pregúntale al rey en todo caso. Aunque, de todas maneras, yo no lo haría; lo mejor será que le pases el golpe al que está a tu lado. El mundo es grande, si viene de vuelta ya veremos. Déjate fluir.

* * *

Si todo el mundo está haciendo el mal, uno se consuela con no ser el único que se equivoca.

A la mente le encanta la venganza aunque no se dirija a la persona indicada. Después de todo siempre se puede encontrar la justificación de una maldad si se busca en los defectos de los demás.

La historia de Nasrudín, sin reyes y sin bufones (¿no lo somos a veces?), podría traducirse en este relato...

Un mal día

Mi jefe ha sido muy duro conmigo esta mañana. Ya sé que soy su empleado, pero no soy un trapo para que me trate como una basura. Me he enfadado tanto con él que me hubiera gustado insultarlo, pero no le he querido dar una excusa para echarme. Así que mientras el imbécil me insultaba yo le sonreía haciéndome olímpicamente el estúpido. Cuando he llegado a casa he discutido con mi mujer. Ella ha protestado diciendo que yo había venido de malhumor de la oficina y que la estaba tomando con ella sin ninguna razón... ¿Sin ninguna razón? ¡Ja! Las verduras tenían demasiada sal, las tostadas estaban quemadas y por su culpa se me ha caído el móvil en una zanja cuando intentaba atender su llamada. Como si fuera poco, al llegar a casa la calefacción se había apagado... ¿Sin razón? ¡Ja! Ella me ha dicho que estaba convencida de que yo la maltrato injustamente, pero que como no quería complicar las cosas se callaba la boca. Estuve de acuerdo en este último punto. Por la noche he escuchado el ruido del bofetón que le ha dado al niño. Es que él se lo busca. Otra vez ha llegado tarde a casa, ha vuelto a romper el anorak (con lo que cuesta un anorak) y encima ha traído malas notas en el trabajo que hizo en casa con su madre. Mi hijo casi no ha llorado, se ha metido en su cuarto dando un portazo. Si yo ya lo conozco... Dará una patada en la puerta del armario, romperá algún juguete estrellándolo contra la pared y luego encenderá el televisor para ver *Terminator*, que hoy vuelven a poner en el canal 6. Mañana al salir de la escuela quizá golpee a alguno de sus compañeros. Estoy pensando que el hijo de mi jefe va a clase con el mío... Con un poco de suerte ese niño quizá se lleve un buen golpe por culpa del desgraciado de su padre.

* * *

A diferencia del ignorante, el sabio no conoce la venganza, no hace responsable a otros de lo que sucede, quizás porque nunca se cree superior en relación con nadie ni a nada; sabe con certeza que es tan sólo un ser humano, un simple ser humano. Ni siquiera una persona, ni siquiera un individuo (algunos hombres y mujeres sabios han crecido tanto que han sido capaces de dejar incluso el adjetivo humano, y se definen solamente como un ser). Un ser capaz de incluir opuestos y contradicciones, como el universo al que pertenecen.

Recordemos la paloma salvaje de Kierkegaard. Para ella, buscar alimento había sido un juego, día tras día. Lo había sido porque era una actividad congruente; su hambre, su búsqueda y su encuentro de alimento tenían lugar siempre en el «ahora». Su conversación con las palomas domésticas sembró en ella el peso imaginario del porvenir. A partir de allí, y conectada con su temor, quiso ser coherente con su agorera fantasía (que, de hecho, ni siquiera era propia: era la de sus parientas coherentes y domesticadas).

> La vida puede disfrutarse como un juego si su tiempo es el presente.

La vida puede ser disfrutada cuando es el cauce de lo que somos, la expresión congruente de nuestra manera de ser, y no un medio para llegar a ser lo que todavía no somos o para llegar a poseer lo que aún no tenemos, sea dinero, prestigio, aceptación social o seguridad.

Historias del presente

—¿Si los tiburones fueran personas —preguntó la niña al señor K—, se portarían mejor con los pececillos?

—Claro —dijo él—. Si fueran personas harían construir en el mar unas cajas enormes para los pececillos, con toda clase de alimentos en su interior, y se encargarían de que las cajas siempre tuvieran agua fresca y adoptarían toda clase de medidas sanitarias. Si, por ejemplo, un pececillo se lastimara la aleta, le pondrían inmediatamente un vendaje de modo que no muriera antes de tiempo (...) Naturalmente, habría escuelas. En ellas los pececillos aprenderían a nadar hacia las fauces de los tiburones, se les enseñaría que para un pececillo lo más grande y lo más bello es entregarse con alegría a los tiburones (...) Si los tiburones fueran personas también cultivarían el arte, claro está. Pintarían hermosos cuadros, de bellos colores, de las dentaduras del tiburón (...) Tampoco faltaría la religión. Ella enseñaría que la verdadera vida del pececillo comienza en el vientre de los tiburones. Y si los tiburones fueran personas, los pececillos dejarían de ser, como lo han sido hasta ahora, todos iguales. Algunos obtendrían cargos y serían colocados por encima de otros. Se permitiría que los mayores se comieran a los más pequeños. Eso sería en verdad provechoso para los tiburones, puesto que entonces tendrían más a menudo bocados más grandes y apetitosos que engullir (...) En pocas palabras, si los tiburones fueran personas, en el mar no habría más que cultura.

BERTOLT BRECHT

Los ignorantes son coherentes, aunque no lo sepan (lo que no significa que todos los coherentes sean ignorantes), y esa coherencia los tranquiliza, aunque también los arraiga a su realidad de ignorantes.

La ignorancia es la única etapa que el individuo no consigue por sí mismo, habita en ella con absoluta naturalidad, y si nada lo saca de ahí se quedará en la ignorancia para siempre. Seguramente, esta es una de las razones por las que hay millones de ignorantes.

Uno no puede evitar ser ignorante y, de hecho, es necesario ser consciente de haber estado en la ignorancia para poder salir, alguna vez, en pos de la sabiduría.

La etapa del ignorante es inevitable, pero una vez que se ha completado debe ser abandonada.

Muchos son los que se quedan habitando para siempre este lugar conocido intentando hacer cada vez mejor sólo lo que se espera de ellos. Son los que definen la libertad como «la capacidad de elegir lo que se debe». Son los que saben que, si se apartan de la senda marcada, la sociedad los acusará, con todo derecho, de haber dejado de ser un buen ciudadano, un buen vecino, un buen amigo, un buen compañero, un buen hijo.

Llegarás a este punto muchas veces. No una, sino muchas veces.

Y allí deberás elegir entre el respeto de la gente y tu propio respeto por ti mismo.

Ojalá elijas siempre lo mejor para ti.

Eso será congruencia, aunque parezca y sea, para otros, incoherente.

Será muy difícil seguir siendo coherente cuando te transformes en un buscador. Porque siendo un buscador tu vida transcurre en demasiados estados de ánimo, en demasiados cambios, en demasiados frentes, y cada uno tiene algo que contribuye a tu crecimiento.

Un buscador no puede quedarse confinado a un pequeño espacio. Aunque le parezca confortable y cómodo, no se cierra, no se queda, no se detiene, indaga y busca. Es un aventurero.

—¿Y las relaciones sexuales? —pregunta el doctor.

—Raras... —musita el hombre con resignación.

—¡Ajá! —dice el doctor—. Amigo mío, tendrá usted que dejar esas perversiones si quiere mejorar.

* * *

No hay nada que hacer: hay gente para la que todo lo raro es una perversión.

Shimriti

Segunda parte

A medida que se acercaban a la estación, Shimriti apretaba la mano del maestro con más fuerza, encontrando siempre su respuesta confortante y tranquilizadora.

Al bajar del tren, miró fascinada la variedad de carteles señalizadores, los relojes con la hora en ese momento en otros lugares («ciudades del mundo», le dijo el maestro), los puestos de periódicos, la gente discutiendo acaloradamente en un bar muy grande, con mesas desparramadas en el patio, donde los parroquianos estaban como guarecidos por el gran cartel que casi ostentoso mostraba con orgullo el nombre de la estación:

Data

Camino del pueblo, en el taxi, ella se llevó su primera gran sorpresa:

—Llévenos al barrio de la Información, por favor —había dicho el maestro.

—Bien —contestó el conductor.

—¿Sabe cómo llegar?

—Sí, claro.

—No vaya por la universidad porque están arreglando el pavimento.

—¿Ah sí? No lo sabía. Intentaré acordarme...

En su Ignorancia natal también debía haber —ahora lo entendía por primera vez— cosas que ella sabía, pero aquella Marta que fue nunca supo qué sabía y qué no, siempre recordaba las dificultades después de toparse con ellas.

Más tarde conoció esta ciudad, donde cada uno sabía lo que sabía y también era plenamente consciente de lo que no sabía.

Mirándolos, y sólo mirándolos, Shimriti aprendió a darse cuenta de todo lo que nunca había aprendido, y en ese momento también supo que podría aprender todo cuanto quisiera de lo ignorado.

Sin embargo, algo había cambiado para siempre: Shimriti nunca más podría ignorar que había muchas cosas que no sabía.

Capítulo cuatro

El buscador

Un buscador sabe perfectamente todo lo que no sabe.

Tengo conciencia de algunas cosas que sé y de muchas de las cosas que no sé.

Tengo conciencia de que vivo en un mundo de sombras donde hay algunos sectores más iluminados que otros y muchos totalmente oscuros.

La conciencia de estar en el sector de la sombra nos empuja a explorar permanentemente porque, sabiendo que hay tantas cosas que desconocemos, casi no hay más remedio que comenzar la búsqueda.

La rebeldía del buscador

La solución a nuestro condicionamiento no pasa por la idea de la rebeldía completa contra la estructura social, tomada como un todo. Sería absurdo pensar en un aislamiento absoluto y permanente que «nos proteja del contacto tóxico con el afuera condicionante» (como proponen la mayoría de las sectas y no pocas ideologías fundamentalistas).

Realmente necesitamos de los otros, aunque se argumente que este aspecto gregario del hombre se debe a que hemos sido educados así por padres, hermanos mayores, docentes y profesores.

Somos sociales, incluso para aquéllos que quieren justificar esta inclinación interpretándola como una «necesaria» manipulación cultural. Para ellos lo social actúa en cada uno de nosotros desde que somos niños para minimizar nuestra individualidad en pos del futuro bien común.

Sin embargo, muchos prestigiosos investigadores de la sociedad (Humberto Maturana, por ejemplo) sostienen que la tendencia a estar con otros es, más bien, algo esencial del individuo, independiente de sus necesidades prácticas. Aseguran que la génesis de todo lo «humano» que tiene la raza humana, se apoya en el interés por el contacto emocional con los demás.

Sea como fuere, hay algo incuestionable: de la interacción entre los individuos y el grupo social al que pertenecen surge la cultura de cada sociedad. Un bagaje de cosas que de alguna manera existen para aliviarnos el camino.

> Todo lo que sabemos, sin saber cómo lo sabemos, nos viene dado con nuestra cultura y nos ayuda a no tener que replantearnos una y otra vez las cosas desde el principio.

También es cierto, y no es una buena noticia, que esta cultura condiciona nuestra conducta al determinar ciertas maneras de ver el mundo, al contener ciertos mandatos, al restringir ciertas libertades.

> Pero lo que importa no es saber si deben existir o no las normas (que sería como preguntarnos si es bueno que exista la cultura). Lo verdaderamente importante es saber si uno va a atreverse o no a desobedecer alguna de esas normas llegado el momento en que su ser se lo demande.

Como psicoterapeuta y como especialista en salud mental, aseguro que no hay mejor manera de empezar a pensar en el desarrollo saludable de la psique humana que asumiendo la responsabilidad de volverse autónomo.

La palabra «autonomía» viene de *auto* (por o para uno mismo) y *gnomos* (norma). Autónomo es, por lo tanto, aquel que fija sus propias normas, aquel que es capaz de definir libremente sus propias reglas. Tan libremente que hasta podrían coincidir con las reglas de la sociedad en la que vive... Tan libremente que no puede evitar su tendencia a honrarlas y respetarlas...

No me gusta que se confunda lo que digo con el mero concepto coloquial de rebeldía; no me refiero a la insurrección y tampoco a alguna que otra traviesa indisciplina.

Hablo de una actitud de total responsabilidad, es decir, de una decisión por la cual estoy dispuesto a responder.

Hablo de pensamiento creativo.

Hablo de mantener mis principios y mi conducta en un nivel más alto que el de la obediencia ciega, y lejos de su hermana gemela: la (ciega) desobediencia.

Repito:

> Establecer normas no quiere decir en absoluto salir a desafiar las reglas de los demás, sino simplemente decidir las propias.

Cuando este es un acto adulto y maduro (y no un intento de autoafirmación adolescente) puede suceder, y de hecho sucede, que mis reglas terminen concordando con las de mi vecino.

¿Por qué debería extrañarme? Estamos viviendo en un mismo lugar, con costumbres similares, compartiendo cosas que a ambos nos atañen y defendiendo pautas que a ambos nos convienen. ¿Cómo no pensar que compartiremos también una ética y un concepto moral?

La desobediencia

Sé que de alguna manera es un prejuicio, pero la verdad es que personalmente me asustan más los obedientes que los desobedientes.

Siempre me ha parecido que las grandes catástrofes de la humanidad llevadas a cabo por la mano del hombre han estado ligadas a personas que después dijeron que «no podían hacer nada más que obedecer».

Cierto es que a los grandes transgresores en general tampoco les ha ido muy bien, pero por lo menos podemos consolarnos estudiando qué pasó con los que siguieron después de ellos, beneficiarios a veces involuntarios del coraje de aquéllos.

Como hemos visto, según el mito, la historia de la humanidad empieza simbólicamente cuando Adán y Eva desobedecen el

Así vió Durero el pecado de Adán y Eva.

mandato de Dios y comen del fruto del árbol prohibido. De algún modo, cortan allí el cordón umbilical que los ligaba a él. Es el acto de desobediencia lo que rompe el vínculo primario con la vida en el Paraíso y los transforma en individuos.

Desde allí y hasta aquí, el hombre continuó evolucionando casi siempre mediante actos que se pueden emparentar con la desobediencia.

El desarrollo de la humanidad sólo fue posible porque hubo hombres y mujeres que se atrevieron a decir que no...

125

No... a alguna prohibición del poder impuesto.

No... a una tradición que no se podía cambiar.

No... a las costumbres a las que era peligroso no adherirse.

No... al orden preestablecido que se consideraba suicida alterar.

Y que conste que este señalamiento emblemático no es exclusivo de nuestra sociedad. Lo que Adán y Eva representan en el mito judeocristiano, Prometeo lo simboliza para la mitología griega. También la civilización helénica se basa en un acto de desobediencia.

Al robar el fuego —hasta entonces en poder de los dioses— para entregarlo a los humanos, Prometeo abre el camino hacia la evolución del saber y el confort del hombre. Igual que Adán y Eva, Prometeo es castigado por su desobediencia (en su caso, a estar encadenado por toda la eternidad). Pero Prometeo no es sólo un hombre, es un héroe, y tal vez por ello no se arrepiente ni pide perdón. Por el contrario, declama orgulloso: «Prefiero estar encadenado a esta roca antes que ser el siervo obediente de los dioses».

La libertad es un acto de desobediencia, como nos enseña Prometeo. Y también el primer paso hacia el conocimiento del bien y del mal, como nos enseña el mito bíblico.

> Si un hombre sólo puede **obedecer**, es un esclavo,
> y si sólo puede **desobedecer**, es resentido.
> Aunque parezca mentira, en ninguno de los dos casos
> es libre.

Para desobedecer debemos tener el coraje de quedarnos solos, el coraje de equivocarnos y tener que volver a empezar y el coraje de pagar el precio de nuestro desafío.

Dice Erich Fromm que, durante la mayor parte de la historia, alguna minoría ha gobernado a la mayoría, y que dentro de esa realidad convenía a los poderosos identificar la obediencia con la virtud y la desobediencia con el pecado. Este dominio fue necesario por el hecho de que las cosas buenas sólo bastaban para unos pocos. Si, además de gozar de esas cosas, los poderosos deseaban que los otros les sirvieran trabajando para ellos, se requería un paso previo:

que la mayoría aprendiera a obedecer.

Sin duda, continúa Fromm, la obediencia puede establecerse por la fuerza; pero este método tiene muchas desventajas.

Primero, porque establece la amenaza constante de que algún día los muchos lleguen a tener los medios para derrocar a los pocos.

Segundo, porque el coste de ese sometimiento es demasiado en dinero y en vidas de sirvientes.

Por último, porque hay muchos trabajos que no pueden realizarse apropiadamente si la obediencia sólo se respalda en el miedo.

La obediencia debió transformarse, por tanto, en algo que surgiera del interior del hombre.

El hombre debía desear e incluso necesitar obedecer en lugar de sólo temer una represalia.

Si pretendía lograrlo, explica el psicoanalista americano, la autoridad debía asumir las cualidades del Sumo Bien, de la Suma Sabiduría y, conseguido esto, proclamar que la desobediencia es un pecado y la obediencia una virtud.

Uno no puede evitar preguntarse por qué alguien aceptaría considerar la obediencia como algo bueno o deseable... Quizá la mejor respuesta es la que aporta el mismo Fromm:

«Sólo decidiéndola elegible y noble encontrarían una manera de no detestarse a sí mismos por ser cobardes».

Desde un aspecto psicológico, hay más causas:

- El que solamente obedece se siente seguro y protegido, y por ello se cree fuerte.
- El que obedece no comete errores, aunque se equivoque, pues ese poder decide por él. («El que obedece nunca se equivoca», dice el refrán popular.)
- Al ponerse voluntariamente del lado del que manda, participa aunque sea tangencialmente del poder al que se somete.
- De alguna manera nunca se siente solo, porque el poder lo acompaña mientras lo vigila.

Entenderemos ahora la tendencia del ignorante a obedecer, pero también los problemas que genera el buscador con su natural tendencia a cuestionar...

Si un buscador se atreve a decir «no» a las normas del poder, y además se atreve a crear sus propias normas, no sólo tenemos un desobediente, sino que, como sociedad, «corremos el riesgo» de que esas normas o esta libertad para cuestionarlas sean elegidas también por otros.

Dice el buscador: «Yo no pretendo imponerte mis valores; respeto los tuyos. Y tú puedes elegir los propios mientras respetes los míos. Prometo no intentar obligarte a obedecer aquellos que yo he elegido. Si lo hiciera, ¿cómo podría sorprenderme si alguien (quizá tú mismo) quisiera obligarme a obedecer los suyos? Después de todo, tal vez, libre de elegir, elijas lo mismo que yo y sea fácil ponernos de acuerdo; o quizás, mejor todavía, descubramos el acuerdo que ya había entre nosotros antes de que nos encontráramos».

La obediencia inteligente

La única obediencia que me parece compatible con la salud es la obediencia inteligente: la del que obedece sólo cuando le conviene (no te asustes de lo que lees).

La llamo también «obediencia activa» para diferenciarla de aquella desobediencia que no es tal.

Tengo un amigo que, cuando le ordenan, por ejemplo, ir al cine esa tarde, contesta:

—¡¡¡No pienso ir!!! Como me has ordenado que vaya, ahora no voy.

Y sigue:

—Yo hubiera querido ir al cine, pero no quiero obedecerte, así que...

Y remata diciendo:

—¡No pienso ni pasar por la puerta!

Esto es «obediencia pasiva» y no desobediencia; porque, de alguna manera, estoy obedeciendo, aunque no me dé cuenta.

Pero no todo es tan simple como en este ejemplo.

> Hay un mandato más importante que la orden de ir a tal lugar o a tal otro. Es el que me ordena:
> «No hagas lo que deseabas naturalmente».
> «Haz algo condicionado por lo que digo».
> «Haz que yo me sienta poderoso».

A veces, ser auténtico significa sentarme si estoy cansado, más allá de si mi interés coincide con la orden recibida. Estoy tan libre de la orden que no la siento como tal; puedo hacer lo que quiero incluso cuando alguien me ordena que haga exactamente eso.

El condicionamiento de la sociedad es inevitable e incluso estoy dispuesto a admitir que puede ser hasta necesario. Pero aunque no podamos prescindir de su presencia podemos, sí, cuestionar su influencia en nuestras decisiones.

El desafío del buscador es darse cuenta de lo que hace y preguntarse qué es lo que él verdaderamente desea hacer. Al principio es un paso más que difícil y aunque parece imposible, no lo es.

Sólo después será la hora de darse cuenta de si lo hace porque le ha sido impuesto o porque él lo decide así.

Una de las características más importantes de un buscador es su lucha por dejar de depender de los demás. Para ello su arma es poner límites, y su desafío es aprender a ponerlos adecuadamente.

El buscador es alguien que ha aprendido a decir «no».

Y sus «no» son una afirmación; la afirmación del «no quiero», del «no estoy de acuerdo» y, también, a veces, de un para nada vergonzante «no lo sé».

> El buscador es capaz de saber que no sabe
> y puede desde allí trabajar para saber,
> y saber para ser libre,
> y hacerse libre para formular un rotundo y sano «no».

Pero, para aprender a decir este «no», es necesario primero aprender a decir «sí».

Es imprescindible desarrollar un «sí» asertivo, un «sí» verdadero y comprometido.

El ignorante, aun en medio de la más vertiginosa actividad, es pasivo. No actúa desde su ser, sino desde el intento de cuidar su imagen; porque la idea que tiene de sí mismo, como vimos, es el verdadero motor de sus acciones.

Por eso su «sí» todavía es automático.

Es el «sí» de la obligación, del orgullo del deber cumplido, del buen ciudadano, de la madre sacrificada, del mártir o del resignado.

Es un «sí» que va a remolque del exterior, movido o arrastrado desde fuera, siempre dependiendo de la confirmación ajena, siempre intentando demostrar algo a los demás o a sí mismo.

- Si es complaciente, intentará demostrar que él es como quieren que sea.

- Si es rebelde, querrá demostrar que él no es como quieren que sea, sino todo lo contrario.

- Si ha optado por ser evasivo, buscará con su ausencia que nadie sepa cómo es él en realidad.

> El ignorante casi siempre dice que sí porque vive aceptando; y, cuando dice que no, es porque ha aprendido que en estos casos debe decir que no.

Este grabado habla para mí de las diferentes etapas de un buscador.

Será porque amo este cuadro, pero me encuentro retratado en cada trazo.

En el centro, el ignorante convirtiéndose en buscador, representado por el árbol sujetado a las sogas, que lo intentan guiar para que crezca recto, sin nunca pronunciarse contra nada, sin ninguna queja, ateniéndose a lo impuesto desde fuera, dejándose llevar por la corriente.

En el grabado, está representado el buscador de los primeros tiempos: alineado con su tutor, pero aún así luchando.

Las sogas no han conseguido someterlo y desborda en la copa su plena expansión.

Un buscador tiene una actitud comprometida ante el estado de cosas que la sociedad impone, y esto conlleva una lucha contra el orden preestablecido que la cultura determina para las cosas: el supuesto y defendido «orden natural».

En esta lucha, las heridas y las pérdidas no son una rareza. Por eso en el gráfico también es un buscador el árbol mutilado de la izquierda. De alguna manera, representa al buscador de la segunda etapa, después de haberse enfrentado a muchos y después de haber perdido mucho de lo que nunca fue suyo.

Grabado de Andry

Es necesario entender que la sociedad de ignorantes aborrece las negativas del buscador y trata constantemente de silenciarlo por medio de amenazas, castigos y discriminaciones.

Un antiguo cuento habla de un viejo profeta que había tenido un sueño...

El sueño del profeta

El sueño anticipaba que un día cercano iba a caer una lluvia contaminada. Como una revelación, el viejo veía en su sueño que la gente bebía de aquella agua e instantáneamente enloquecía, se volvía absolutamente loca. Entonces, cuando el sueño se repitió, el viejo profeta comenzó a pensar que se trataba de una revelación divina.

Como vivía en una ermita, apartado de la sociedad, bajó al pueblo, donde estaban muchos de sus amigos, a decirles lo que el sueño le había anticipado: que pronto caería una lluvia contaminada y que quien bebiera de ella caería víctima de la locura. Dicho esto, les pidió que por favor comenzaran a recoger agua para que el día que cayera la lluvia no tuvieran que beber el agua de los pozos ni de los ríos, pues si lo hicieran se contaminarían inmediatamente.

La gente pensó que el pobre viejo estaba delirando, que ésta era otro de sus signos de senilidad, y le dijeron sí como a un loco. Pero él se fue tranquilo, creyendo que los había convencido.

En los días que siguieron soñó una y otra vez con la lluvia. Entonces bajó nuevamente al pueblo para ver si habían recogido el agua. Todos dijeron: «Sí, claro, por supuesto».

Finalmente, el día revelado llegó y la lluvia cayó. Tenía un color medio verdoso y el viejo supo en seguida que esa era la lluvia contaminada. Por supuesto, había almacenado cantidades de agua en barriles de toda clase, por si acaso. Así que dejó de beber agua de los pozos y de los ríos y sobrevivió con el agua que había atesorado en su casa.

Cuando dejó de llover, dos días después, el viejo bajó por tercera vez al pueblo. Algo raro había ocurrido: la gente se peleaba entre sí, nadie confiaba en los demás, todo el mundo discutía, todos querían ser los dueños de las cosas ajenas y apropiarse de los bienes comunes. La gente entraba en la casa del otro diciendo que era suya, algunos ocupaban las plazas, otros robaban objetos y todo el mundo reñía sin cesar. También se reían de cosas sin sentido y lloraban todo el tiempo comportándose como locos.

El viejo profeta se situó en el centro de la plaza y dijo:

—Escuchadme... ¿Veis cómo estáis? Estáis así porque seguramente no recogisteis el agua. Habéis estado bebiendo el agua contaminada. Pero yo he guardado para todos; no bebáis más de los ríos y los pozos porque puede dañaros si lo hacéis durante mucho tiempo. Aquí tengo agua; os traeré más después.

Los del pueblo le pusieron el barril de agua por sombrero y, diciéndole que estaba loco, lo empujaron de vuelta por el mismo camino por el que había llegado. Pero el viejo volvió a soñar esa noche. Solo en su ermita, pudo ver en su sueño que, si la gente bebía de aquel agua durante siete días, su locura sería permanente.

A la mañana siguiente bajó al pueblo por cuarta vez. Traía ahora varios barriles y dijo a los lugareños:

—No os cuesta nada escucharme. Estáis bebiendo del agua contaminada y eso os volverá locos cuando se cumplan siete días. Tomad de ésta, que yo tengo para todos.

Primero se rieron de él y luego lo apedrearon hasta que se fue. Pero el viejo insistió, y al día siguiente volvió a bajar. Esta vez, los del pueblo lo cubrieron de brea y plumas, y después lo echaron a patadas.

Resignado, el viejo se quedó en su ermita durante muchos días sin volver a la ciudad, bebiendo exclusivamente del agua que tenía guardada, ya que, según su profecía, la de los pozos y los ríos seguiría contaminada durante un mes más.

Durante todo ese tiempo el viejo estuvo triste en su caverna. Pero, concluido el plazo, bajó al pueblo. La profecía se había cumplido: los hombres se habían vuelto locos de forma definitiva.

Se puso tan triste... Había perdido a todos sus amigos... Ya no podía conversar con nadie... Nadie lo entendía, todo el mundo le decía que estaba loco.

Entonces, el viejo entró a las casas de sus amigos, buscó los pozos que guardaban el agua todavía contaminada y, durante los siguientes siete días, sólo bebió de allí...

* * *

Es muy difícil aceptar el hecho de ser el único cuerdo entre locos, por eso hay tan pocos buscadores de sabiduría.

Pero si observamos el grabado veremos que el árbol continúa creciendo a pesar del corte profundo que le han practicado.

El buscador es fuerte y resurge siempre renovado.

Hay, para mí, todavía, un tercer buscador en este cuadro. Se trata del modesto brote que aparece a la derecha del grabado. La tercera etapa del buscador, o quizá el crecimiento de otra generación que nace en libertad: los hijos de nuestros hijos que, gracias a nuestra búsqueda, no serán mutilados ni sometidos a ningún tutor que los ate a un listón inerte.

Experiencia y riesgo

La mente es como un espejo retrovisor: sirve para revisar lo pasado, sirve para ver quién nos sigue, sirve a la hora de detener la marcha y es imprescindible a la hora de retroceder.

Al igual que el espejo retrovisor de tu automóvil, tu mente cumple una función importante.

Pero, imagina qué pasaría si, obsesionado con el espejo retrovisor, sólo miraras ahí e intentaras conducir tu coche con los ojos constantemente fijos en el camino ya recorrido...

Sin duda, estarías en peligro.

La mente es uno de los lugares donde registras tu pasado y, por lo tanto, también el lugar donde está almacenada tu experiencia. Úsala, es importante, pero sólo cuando sea necesario...

¿No es acaso la experiencia una gran herramienta? Claro que lo es. Pero tampoco hace falta sobrevalorarla.

A veces, una gran experiencia te aporta un pequeño aprendizaje acerca de la verdad.

Otras veces, una experiencia pequeña te deja un gran aprendizaje acerca de la verdad.

Asimismo, hay situaciones en las que una profunda experiencia desagradable sólo nos deja miedo, y ese no es un buen aprendizaje.

Aprender es el resultado más importante que podemos esperar de nuestra vida; pero el verdadero aprendizaje sólo deviene de las experiencias vivenciales y no del mero ejercicio intelectual, porque la experiencia útil sólo se cosecha al recrear lo vivido.

Mi sugerencia es, entonces, que hagas, aún a riesgo de equivocarte. Al menos alguna cosa habrás aprendido.

Tal vez aprenderás que esa no era la manera;
tal vez que ese no era el momento;
tal vez que esa no era la persona;
quizá te darás cuenta de que eso no era para ti;
¿quién sabe?...

Tememos equivocarnos porque desde la niñez nos han dicho que debemos tratar de no cometer errores. Esta es una de las enseñanzas más importantes en todas las sociedades del mundo. Y es la más peligrosa de todas las enseñanzas, la más dañina.

Si yo (equivocadamente) quisiera entrenar a mil niños para que acertaran en cada una de sus decisiones y acciones;
si quisiera (y no quiero) una sociedad llena de niños prodigio que rara vez se equivocasen;
si pretendiera (vaya a saber por qué extraña maldición perturbadora) crear un mundo de personas exitosas que dieran siempre en la diana de sus objetivos...
¿Qué debería hacer para conseguirlo?
Solamente debería condicionar y estimular a los niños, desde la etapa preescolar, para que cometieran tantos errores como les fuera posible.
Pondría una única condición: que los errores cometidos fueran siempre nuevos errores.

No tengo duda de que con una educación dirigida a fomentar el error (antes que premiar el acierto), los niños experimentarían, crecerían y aprenderían mucho más.

Nuestra educación dista mucho de dirigirse por este camino, aunque sostenga que persigue ese fin.

Estamos entrenados para pensar que necesitamos a alguien, considerado más poderoso o más autorizado, que nos diga qué es lo adecuado, qué es lo que está bien, qué debemos hacer y quiénes deberíamos ser. Un celador que, recordándonos que la docilidad es la virtud suprema, nos cargue de obligaciones y, al hacerlo, dote nuestra vida de sentido y de razón.

¡Cuánta insensatez!

Estamos entrenados para esto. Es triste decirlo, pero sólo así nos sentimos seguros y sin miedo. Víctimas de tal entrenamiento, hemos vivido nuestra infancia con temor a crecer hacia un lado que no sea aquel hacia el que las sogas nos sujetan.

Sentimos la invitación de la vida a dejar de ser dependientes, pero mientras somos ignorantes no queremos crecer.

Nos gustaría seguir siendo niños, y como ya no lo somos, sólo nos queda fingirlo.

Nos ayuda la amenaza, aprendida a fuego, pendiendo sobre nuestras cabezas:

> «Cuidado con apartarse del rebaño; el precio —nos lo han dicho mil veces— sería insoportable: la soledad, el desprecio, el desamor, la desprotección y el abandono».

Y empezamos a andar llenos de miedos; porque no conocemos nuestra fuerza y porque nos acompaña la dolorosa conciencia de una intuición: un día descubriremos que algunos de los que creímos nuestros protectores en la fragilidad no eran, en realidad, verdaderos amigos.

Un buscador intenta no vivir de ilusiones. Tal vez por eso se aleja de la protección de todos.

Los buscadores de la tercera etapa no pertenecen al rebaño. En muchos aspectos se parecen al león que Nietzsche describe en *Así habló Zaratustra*:

> Ocasionalmente un león se cruza con otro león; se miran con complicidad; se reconocen, respetuosos de su mutua dignidad; no hay alabanzas ni envidias. Quizá jueguen o peleen, admirando su fuerza; quizá corran en la misma dirección disfrutando de su mutua belleza, de su mutuo y silencioso entendimiento; pero, en breve, se separan.

El que todavía vive en la ignorancia admira secretamente a estos «leones». Sin embargo, les recrimina su libertad, su soledad, su independencia. Pero, ante todo —y esto es muchas veces un triste y doloroso despertar para los ignorantes— no puede tolerar dos cosas:

- el ignorante no tolera el cuestionamiento de sí mismo que la contemplación del buscador le fuerza a hacer
- el ignorante no soporta la imagen insignificante que este espejo le devuelve sin pretenderlo.

Es casi ley que muy pocos pueden tolerar en los demás lo que no se permiten a sí mismos.

El buscador lo advierte. Se da cuenta y no le es indiferente descubrir que, a medida que avanza en su crecimiento, los ignorantes lo miran cada vez con más recelo y a mayor distancia.

Ya nadie acaricia su cabeza. Mucho menos le ofrece su hombro. Pocos se le acercan. Y, quienes lo hacen, tarde o temprano, le reprochan ser como es y, fundamentalmente, que ya no sea el que era.

Para muchos de nosotros, buscadores, hubo una oportunidad fugaz de volver.[23]

En un momento, desde donde estamos hoy, hemos visto la silueta del grupo de gente que dejamos atrás, cobijados por el calor mutuo, con todos sus cuerpos formando un único y amorfo cuerpo, todos respirando la seguridad que da inhalar a un tiempo el mismo aire compartido... Y nos hemos preguntado si no estábamos mejor entonces.

No es un arrepentimiento, es el cuestionamiento de la propia decisión, una característica más de los buscadores.

Pero, un instante después, recordamos que aquel bienestar no vale esta renuncia, y confirmamos que ya no estamos dispuestos a pagar el precio: nuestra libertad, nuestros derechos, la posibilidad de vivir la vida sin recriminaciones, sin alabanzas, en silencio y presentes.

Sólo los buscadores recién llegados, que están demasiado ocupados en demostrar que ya no son ignorantes, sienten disgusto ante el pasado que les recuerda quiénes fueron. Como si, desde dentro, el ignorante escondido despreciara secretamente su propia debilidad. El buscador ha asimilado su pasado pero todavía se encuentra demasiado ligado a él.

Y este es un motivo más de lucha entre el buscador y la sociedad que le dio origen. También por eso, aunque no sólo por eso, denuncia, molesta, perturba, cuestiona, genera cambios, incomoda y sostiene sus deseos con firmeza.

23. Algunos creen que esa oportunidad siempre está ahí... Yo no lo creo.

> El buscador se sorprende al darse cuenta de la ausencia de carga en su espalda; ahora no necesita ningún deber cumplido para sentirse valioso ante los demás ni ante sí mismo.

A medida que pasa el tiempo, ya no teme a la vida ni a nadie, y le fascina ser desobediente y oponerse a todo lo establecido, a toda autoridad y a todo poder.

> Ser un buscador implica asumir ciertos riesgos.
>
> El que hace, a diferencia del que no hace, puede equivocarse. Y, de hecho, se equivoca.
>
> El que decide, a diferencia del que obedece, es responsable de sus errores.
>
> Y todo eso es muy bueno, porque sobre la base de estas equivocaciones se da el crecimiento del individuo.

Los trabajos de Hércules

Como el famoso héroe griego, también el buscador deberá superar algunas pruebas para poder crecer en la dirección correcta.

También tú, si no quieres perder el rumbo, tendrás siete desafíos para superar, siete lecciones que aprender, siete puentes que te acercarán a la verdad:

- Responsabilidad
- Presencia
- Aceptación
- Polaridad

- Gratitud
- Amor
- Desapego

1. *El puente a la absoluta Responsabilidad*

Al llegar a Data, tu cabeza, tu mente, tus pensamientos analíticos descubren que la culpa es mala compañía, y caes en la tentación de descubrir que siempre hay alguien a quien se puede hacer responsable de lo malo que te pasa. En esta trampa es siempre el otro el que te está haciendo sufrir: tu mujer te hace sufrir, tu marido te hace sufrir, tus padres te hacen sufrir, tus hijos te hacen sufrir. El sistema financiero, la sociedad, el capitalismo, el comunismo, el fascismo, la ideología política dominante, la estructura social o el destino, el karma, Dios o la fuerza conjunta de todos ellos...

Siempre, en esta trampa, lo que te hace sufrir es algo externo a ti. Y es probable que por un momento encuentres alivio al derivar la responsabilidad en otros.

En el mismo momento en que «descubres» quién es o qué es lo que te hace sufrir, empiezas a tener otro problema, quizá más grave: ahora no puedes hacer nada para cambiarlo; ya no depende de ti.

Y te repites:

- «¿Quién puede ser feliz en una sociedad injusta (o inculta, o reprimida)?»
- «¿Cómo se puede ser feliz en un país materialista (o burocrático, o subdesarrollado) como este?»

- «¿Cómo ser feliz si tu hermano, si tu hijo, si tu padre no lo son?»
- «¿Quién puede ser feliz teniendo que trabajar catorce horas al día haciendo algo que no le gusta?»
- «¿Cómo ser feliz con una pareja que no se ocupa de ti ni te permite ser libre?»

Excusas y excusas y excusas.

A partir de allí, sólo hay tres caminos:

a) **Te vuelves un soñador idealista,** un místico mesiánico o un predicador profeta, y empiezas a proclamar por el mundo que cuando la sociedad cambie, cuando llegue la justicia social, cuando la tortilla se vuelva, cuando todas las personas se amen unas a otras y cuando todos los ellos y ellas del universo te amen a ti, entonces, todo será felicidad. Y sostendrás frente a quien te escuche que, mientras eso no suceda, la felicidad es imposible.

b) **Te vuelves paranoico** y comienzas a fantasear tramas de confabulación del mundo que te rodea para perjudicarte. Y desarrollas estructuras cada vez más neuróticas para defenderte de su hostilidad y ensañamiento. O...

c) **Decides asumir el timón de tu barco** y te das cuenta, de una vez y para siempre, de que tu vida depende ante todo de ti. Reconoces que ningún otro es culpable de lo que te pasa y si te ha dañado ha sido siempre con tu complicidad. Lo que eres, lo que vives y lo que haces es resultado de tu propia creación.

Soy el responsable de mi vida, de todos mis sufrimientos, de mi dolor, de todo lo que me ha sucedido y de todo lo que me está sucediendo. Lo he escogido así. Estas son las semillas que sembré y ahora recojo la cosecha; soy responsable...

OSHO

> El verdadero buscador crece y aprende, y descubre que siempre es el principal responsable de lo que le sucede.

2. El puente de vivir en el presente

La responsabilidad te dejará sin nadie a quien culpar, te permitirá vivir el presente. Cuando eres un verdadero buscador aprendes a contactar con la vida de verdad, no al descuido, no con pereza, nunca distraído. Si bailas, bailas con todo tu ser; y si amas, amas totalmente. Si estás aquí, estás; y si te vas, te marchas totalmente; pero nunca te quedas a medias ni pretendes que cuando no estés los otros te recuerden.

Una vez en su nuevo espacio el buscador deja de decir:

mañana voy a hacerlo,
mañana voy a amar,
mañana voy a dejar de fumar,
mañana voy a empezar mi dieta.

Si lo quiere hacer... simplemente se pregunta:

¿Por qué mañana?
¿Por qué no ahora?
¿Por qué posponer?

> Posponer es un truco de la mente que consigue responsabilizar al tiempo por lo que tú no te decides a encarar.

Una vez que esta percepción se convierte en una comprensión natural, la vida empieza a cobrar una nueva dimensión, porque ahora descubres que puedes dejar de hacer lo que ya no quieres cuando tú quieras. Puedes entrar y salir de cada cosa, de cada situación, de cada idea en cualquier momento si así lo decides.

Y por eso dejas de buscar excusas en tu pasado, en tus penas, en tus dolores, en tus pérdidas. Tienes conciencia de todo lo que puede dolerte y, posiblemente, de lo que te duele cada recuerdo, pero también tienes la certeza de que eso no te impide seguir adelante.

> Eres vulnerable, pero no por eso frágil.

Y en esa vulnerabilidad radica precisamente tu mayor fortaleza.

Me gusta mucho esta antigua historia...

Un hombre estaba muy interesado en conocerse a sí mismo, en iluminarse. Toda su vida había buscado un maestro que le enseñara la verdad de la vida. Había ido de maestro en maestro, pero todo seguía igual.

Pasaron los años. El hombre estaba ya cansado, exhausto. Entonces alguien le dijo:

—Si de verdad quieres encontrar a tu maestro, tendrás que ir al Nepal. Vive por allí un hombre que tiene fama de ser muy sabio. Nadie sabe exactamente dónde, es una incógnita; tendrás que buscarlo por ti mismo. Una cosa es cierta: no será fácil. Dicen quienes lo buscaron que, cuando alguien llega a dar con su paradero, él se adentra todavía más en las montañas.

El hombre se estaba volviendo viejo, pero hizo acopio de valor. Durante dos años tuvo que viajar en camellos, en caballos, y después caminar hasta llegar al lugar, al pie de la montaña, donde empezar a buscar.

La gente le decía:

—Sí, conocemos al anciano. Es tan viejo... Uno no puede saber qué edad tiene; quizá trescientos años, acaso quinientos... Nadie lo sabe. Vive por aquí, sí, pero el sitio exacto no lo sabemos... Nadie lo sabe con precisión, pero se sabe que anda por aquí. Si buscas con empeño lo encontrarás.

El hombre buscó, buscó y buscó. Dos años más estuvo vagando por Nepal, cansado, absolutamente extenuado, viviendo de frutos salvajes, hojas y hierbas. Había perdido mucho peso, pero estaba decidido a encontrar a aquel hombre. Merecía la pena, aunque le costara la vida.

Un día, alguien dijo al buscador que el viejo vivía en la cabaña que estaba en lo alto del monte. Con sus últimas fuerzas trepó hasta la pequeña caseta de paja. Casi arrastrándose se acercó y empujó la endeble puerta. Entonces vio, tirado en el suelo, el cuerpo inmóvil de un anciano.

Se acercó y se dio cuenta de que era el maestro...

Sí, había llegado tarde. El viejo estaba muerto.

El hombre cayó al suelo, abrumado por el cansancio, el dolor y la decepción.

Durante dos días y sus noches lloró sin moverse de su lado. Al tercer día se levantó y salió a beber un poco de agua. Se encontró allí, bajo el sol, respirando la fresca brisa de las montañas. Y por primera vez en mucho tiempo se sintió aliviado, sereno, sin urgencias, feliz... ¡Nunca había sentido tal dicha!

De repente, se sintió lleno de luz.

De repente, todos sus pensamientos desaparecieron, sin razón alguna, porque no había hecho nada.

Y entonces se dio cuenta de que alguien se encontraba a sus espaldas...

Giró y lo vio. Allí estaba el anciano, el maestro, el iluminado. Lo miraba sonriendo.

Al cabo de un rato le dijo:

—Así que finalmente has llegado. ¿Tienes algo que preguntarme?

Y el hombre, que tanto lo había buscado, contestó:

—No.

Y ambos rieron a grandes carcajadas que resonaron en el eco de los valles.

* * *

3. El puente de aceptar la verdad de lo que es

Con el tiempo, todo buscador se vuelve cada vez más honesto y teme menos a la divergencia, al enfrentamiento o al abandono, porque se da cuenta de que a veces ése será el precio de su autoafirmación y de su compromiso.

Con el tiempo, el buscador se da cuenta de que prefiere el compromiso de la crítica sincera, aunque sea dolorosa, antes que la tibia alabanza superficial, mentirosa y complaciente.

Lo que hace un buscador, lo hace con intensidad, óptimamente, lo mejor que sabe. Y lo que desecha por cualquier razón (tensión, ansiedad o angustia), lo abandona sin aprovecharse de ello.

Lo que deja atrás no le interesa, no lo usa, ni siquiera cuenta con ello, porque usándolo sabe que crea caminos para que eso vuelva a él una y otra vez.

Disfruta lo que tiene, lo gasta, lo comparte, lo regala, porque sabe lo que dicen los sufíes y coincide con ellos:

Sea lo que sea que la vida te ha dado, es sólo un préstamo.

Y su compromiso se vuelve muchas veces contagioso, tanto que la sociedad a su alrededor puede vivirlo como una amenaza. Aun sin proponérselo, el protagonismo de un buscador induce a muchos ignorantes hacia el deseo de vidas más activas, más cuestionadoras y más desafiantes; y esto algunas sociedades lo viven como una moda casi subversiva.

- La verdad no es amenazadora, sólo desestructurante.
- No es peligrosa, es diferente.
- No hay que inventarla, sólo descubrirla.
- No hay que esperar que llegue a nosotros, ya está aquí.
- No se puede ver estando encima de ella, requiere perspectiva.
- No necesitas tu mente para incorporarla, sino prescindir de ella.
- Ninguna otra cosa te impide el acceso a la verdad, sólo tu propia mente.

La mente te envuelve, te condiciona, te engaña, te hipnotiza con sueños del pasado, te ilusiona con sueños para el futuro, te presiona con sueños de cómo deberían ser las cosas, te anima con sueños de grandes ambiciones propias y de otros.

> Aceptar es perder la urgencia, es dejar de pelearse con las cosas porque no son como yo quiero, es conectar con mi impotencia y es, especialmente, dejar de querer controlar la realidad externa.

Esta realidad, para algunas culturas, ni siquiera es verdadera. Para muchos hindúes, por ejemplo, la realidad como nosotros la concebimos es una mera percepción falsa, una ilusión, un sueño: *maya*. Lo que vemos, lo que olemos, lo que tocamos y lo que comemos, este libro y yo, mis palabras y mi persona, todo es una ilusión.

En lo personal, me parece tan difícil comulgar con esta idea...

¿Podríamos nosotros utilizar la idea aunque sólo fuera en un juego de exploración? ¿Que tal si diéramos un paseo por la calle pensando que las personas que pasan son un sueño? Imaginar que las tiendas y sus comerciantes, los clientes, los autobuses y el ruido, son sueños. Que las casas, las motos, el tren y el avión que cruza el cielo, son producto imaginario sin sustancia.

Seguramente algo sucederá en nuestro interior, una idea previsible se hará presente. Nos encontraremos pensando: «Quizá yo también sea una ilusión».

Siguiendo la idea del gran Jorge Luis Borges:

> Yo sé que soy el sueño de alguien que me piensa y lo acepto. Sólo me angustia cuando pienso: ¿Quién es el dueño del sueño que piensa al que me sueña...?

4. El puente sobre las polaridades

Estar vivo es un ejercicio inteligente pero no vinculado con el razonamiento.

Razonar es deducir, es utilizar la lógica, es encadenar la realidad al proceso mental. Sacar conclusiones ofrece seguridad y garantía. Porque la conclusión es previsible, cualquiera puede llegar a ella. Todos la pueden confirmar.

Sin razonar se vive con inocencia, con frescura, con riesgo. No hay seguridad, te puedes equivocar, te puedes extraviar.

Perdiéndose muchas veces, uno aprende cómo no extraviarse.

Cometiendo muchos errores, uno llega a saber lo que es un error.

Sabiendo lo que es un error, uno se acerca más y más a lo que es la Verdad.

La luz puede existir sólo si la oscuridad existe. Entonces, ¿por qué odiar la oscuridad? Sin la oscuridad no habría luz, así que aquellos que aman la luz y odian la oscuridad están en un dilema y terminarán destruyendo lo que aman si consiguen librarse de lo que detestan.

La vida no puede existir sin la muerte. Entonces, ¿por qué odiar la muerte?

La muerte es el contraste, el fondo, la negra pizarra en la que se escribe la vida con tiza blanca.

La muerte es la oscuridad de la noche en la que la vida empieza a brillar, como estrellas. Si destruyes la oscuridad de la noche, las estrellas desaparecerán. De hecho, eso es lo que sucede durante el día. Las estrellas siguen ahí, pero hay demasiada luz y no puedes verlas.

Hay cosas que sólo se dejan ver en el contraste.

Hay cosas deseables que necesitan de otras menos deseables. Y es necesario integrarlas.

Es un arte descubrir que existen las polaridades y sumarlas, el arte que nos permite transformar el sufrimiento, el dolor y el mal en situaciones de las que se puede sacar algo bueno.

Si quieres poder percibir el mundo en su totalidad, debes abrir tu conciencia a todo lo que tiene.

> Nadie puede compartir lo que no tiene, porque lo tuyo es lo único que puedes compartir.

¿Cómo podrías ayudar a otros si sientes que nunca nadie te ha ayudado? ¿Y cómo podrías haberlo vivido si antes no te hubieran herido?

No puedes hacer nada con los demás que alguien no haya hecho primero contigo.

No podrás amar si nunca te has sentido amado. Y tampoco si no te amas a ti mismo.

Serás insoportable para los demás si eres insoportable contigo mismo.

Puedes ser una bendición en la vida de otros solamente si tu vida es una bendición para ti.

Estar vivo es espontaneidad, es permanecer abierto, es vulnerabilidad, es imparcialidad, es la valentía de actuar sin conclusiones.

5. El puente de la gratitud

De una u otra forma, todo el mundo ha contribuido y sigue contribuyendo a crear la situación para que tú seas el que eres y también para que puedas transformarte, que —como hemos visto— es lo mejor que podría ocurrirle a un buscador: su cambio.

Sé agradecido con aquellos que te han ayudado, con aquellos que te han puesto obstáculos y con aquellos que han sido indiferentes contigo. Tus amigos, tus enemigos, la buena gente y la mala gente, las circunstancias favorables, las circunstancias desfavorables, incluso aquellos que piensan que te están poniendo trabas, incluso aquellos que intentan lastimarte. Porque todo esto, bien reunido y bien mirado, está creando el contexto en el que puedes transformarte y seguir tu viaje hacia la sabiduría.

Cuentan que...

El hombre que escupió a Buda

En una ocasión, un hombre se acercó a Buda e, imprevistamente, sin decir palabra, le escupió a la cara. Sus discípulos, por supuesto, se enfurecieron.

Ananda, el discípulo más cercano, dijo dirigiéndose a Buda:

—¡Dame permiso para que le enseñe a este hombre lo que acaba de hacer!

Buda se limpió la cara con serenidad y dijo a Ananda:

—No. Yo hablaré con él.

Y uniendo las palmas de sus manos en señal de reverencia, habló de esta manera al hombre:

—Gracias. Has creado con tu actitud una situación para

que pueda comprobar si todavía puede invadirme o no la ira. Y no puede. Te estoy tremendamente agradecido. También has creado un contexto para Ananda; esto le permitirá ver que todavía puede invadirlo la ira. ¡Muchas gracias! ¡Te estamos muy agradecidos! Y queremos hacerte una invitación. Por favor, siempre que sientas el imperioso deseo de escupir a alguien, piensa que puedes venir a nosotros.

Fue una conmoción tal para aquel hombre... No podía dar crédito a sus oídos. No podía creer lo que estaba sucediendo. Había venido para provocar la ira en Buda. Y había fracasado.

Aquella noche no pudo dormir, estuvo dando vueltas en la cama y no pudo conciliar el sueño. Los pensamientos lo perseguían continuamente. Había escupido a la cara de Buda y éste había permanecido tan sereno, tan en calma como lo había estado antes, como si no hubiera sucedido nada...

A la mañana siguiente, muy temprano, volvió precipitado, se postró a los pies de Buda y dijo:

—Por favor, perdóname por lo de ayer. No he podido dormir en toda la noche.

Buda respondió:

—Yo no te puedo perdonar porque para ello debería haberme enojado y eso nunca ha sucedido. Ha pasado todo un día desde ayer, te aseguro que no hay nada en ti que deba perdonar. Si tú necesitas perdón, ve con Ananda; échate a sus pies y pídele que te perdone. Él lo disfrutará.

* * *

Nosotros no somos Buda, pero seguramente podemos aprender de él y de esta historia.

6. *El puente del amor*

El amor es la fragancia que prueba que la mejor de las flores se ha abierto en lo más interno de tu ser; es la prueba de que la primavera ha llegado y de que ya no eres la misma persona que solías ser; es la prueba de que estás en camino

Pero Buda también dice:

> A no ser que suceda además el amor a los otros, no has andado más de la mitad del camino; tienes que ir un poco más lejos. El crecimiento, si es verdadero, rebosará de amor. Como cuando enciendes una lámpara: inmediatamente empieza a radiarse la luz, inmediatamente comienza a dispersarse la oscuridad. Una vez que la luz interna está encendida, el amor es su radiación.

Un filósofo hindú llamado Atisha propone un ejercicio que me parece maravillosamente revolucionario. Lo llama «Cabalgar sobre la respiración».

«Cuando inspires —sugiere—, piensa que estás inhalando las miserias del mundo entero. Toda la oscuridad, toda la negatividad, todo el infierno que exista en cualquier parte, lo estás inhalando. Y deja que tu corazón lo absorba. Cuando espires —sigue diciendo—, exhala toda la alegría que poseas, toda la dicha que sientas, todas las bendiciones que puedas.»

Estarás pensando que has leído mal, que debe haber un error de imprenta. Has oído o leído muchas veces acerca de ejercicios respiratorios en Occidente. Nuestros «sabios» proponen justamente lo contrario. Dicen: «Cuando espires, expulsa todas tus miserias, toda tu negatividad y cuando inspires, inhala dicha, positividad, felicidad, alegría». Pues bien, no hay error. El método de Atisha es justamente el opuesto.

Bebe todo el sufrimiento y vierte todas las bendiciones. Y quedarás admirado si lo haces. En el momento en que voluntariamente absorbes todos los sufrimientos, ya no son sufrimientos, porque tu corazón los transforma de inmediato.

> *El corazón de un buscador posee la fuerza transformadora del amor.*

En la búsqueda no sólo se descubre la capacidad de amar sin depender, sino que se adquiere la limitación de amar solamente de esa manera.

Los buscadores no pretenden ni permiten que otros dependan de ellos. Han aprendido que nadie avanza cargando con otro ni siendo arrastrado por los demás.

El amor de un buscador es comprometido, honesto e intenso, pero jamás se convierte en una prisión, y este es el gran puente...

7. El último puente: el desapego

Este es el último de los desafíos y para mí el más difícil.

Para muchos representa por si sólo el peso que los mantiene anclados en la búsqueda permanente, lejos del conocimiento definitivo de los maestros.

Unos quieren una casa un poco más grande, un saldo mayor en el banco, un poco más de fama o de renombre, más poder. Otros quieren llegar a ser presidente o primer ministro. El buscador deberá aprender que todo eso que desea, incluso todo aquello que aún no se le ha ocurrido, puede tenerlo, pero que tenerlo no cambia el hecho de que esas cosas, lugares o vínculos sean espurios.

«Espurio» es, quizá, una de las palabras más duras que conozco: significa que la muerte se lo va a llevar. Dicen los sufíes:

> *Lo único valioso que tienes*
> *es aquello*
> *que no podrías perder*
> *en un naufragio.*

Sólo lo que la muerte no se puede llevar es verdadero, todo lo demás es falso.

Y hasta la muerte misma parece, para los iluminados, una ficción.[24]

Pero, atención, porque el desapego no se enseña ni se consigue mediante el temor al apego.

Me contaron un cuento:

La barca del apego

Dos viajeros están a punto de subir a una barca para cruzar el río. Un monje, de pie en la orilla opuesta, les grita alarmado:

—¡No os metáis en la barca porque si entráis en ella y os cruza por el río quedaréis agradecidos, quedaréis endeudados, quedaréis en su poder y deberéis llevar el peso de esa deuda sobre vuestras cabezas el resto del viaje! ¡Si queréis seguir viajando libres, por favor, no os metáis en ella!

Entretanto, subido a una barca, un segundo monje navega por el río. Acaba de escuchar la advertencia, los gritos de alerta y de peligro. Está más cerca de los viajeros, por eso no

---

24. Los sabios de Oriente enseñan que la muerte sólo sucede en el exterior, porque el interior es eterno.

necesita gritar. Pero de todos modos se toma unos momentos y rema un poco para aproximarse.

Entonces les dice suavemente:

—Usad la barca, y agregad a la dicha de cruzar el río la conciencia de que al llegar a la orilla abandonaréis la barca sin apegos. Eso es la libertad.

* * *

Los que dejan de usar la barca por miedo a apegarse a ella ya están apegados.

El camino de la sabiduría no es para cobardes ni para intelectuales. Es para aquellos buscadores que se atreven a vivir plenamente y sin apegarse a nada, ni siquiera a los resultados.

Pero... ¿Cómo puede un buscador de la verdad prescindir de los resultados?

Puede. Porque el encuentro con la verdad, paradójicamente, sólo les sucede a aquellos que han dejado de esperarlo.

Puede. Porque buscar la verdad esperando encontrarla es decidir previamente cuál es la verdad que deberemos encontrar, y eso, como veremos, nos llevará a perdernos.

Puede. Siempre que se dé cuenta de que los resultados sólo le sirven al ego, el cual encuentra en la verdad algo que tiene y no algo que sabe.

La idea de «tener» algo —sea dinero, inteligencia, poder o belleza— es la puerta que conduce a la dependencia, a la esclavitud. Cualquier cosa que poseas, si te importa demasiado tenerla, terminará poseyéndote a ti, porque desarrollarás el miedo a perderla.

Por eso, cuando el buscador haya conseguido cierto grado de conciencia, cuando haya cruzado algunos puentes, cuando se haya enfrentado a los desafíos y obtenido alguna victoria, su cabeza le tenderá la última trampa.

Le dirá: «¡Muy bien, felicidades! ¡Mira, hemos llegado...!»

Y, si en ese momento el buscador no tiene cuidado, puede caer en la ilusión del saber, en la tentación de la pereza, en la fascinación del narcisismo, en el error de subirse al tren antes de tiempo, en la desgracia de perderse para siempre entre los necios o entre los soberbios.

Shimriti

Tercera parte

Pasó mucho tiempo antes de que Shimriti se sintiera en condiciones de subirse nuevamente al tren. Casi no había sido su decisión, sino más bien un devenir natural e inevitable. Cada calle y cada acción la conducían a la estación, al andén, al tren...

Como todos, ella no quería equivocarse y subir antes de tiempo, ya que eso la llevaría a destinos verdaderamente desagradables.

Ni siquiera tenía ya la mano del maestro para que le diera consuelo o le señalara el mejor camino. «Bienvenida a la ciudad de los buscadores», le había dicho al poco tiempo de llegar a Data. «A la próxima estación sólo pueden llevarte tu trabajo y tu deseo de saber más.»

Y después de decirlo, sencillamente, había desaparecido.

Desde la ventanilla, esperando la partida hacia Gnosis, Shimriti divisó cómo los otros dos trenes, que salían de la misma estación, se alejaban del destino dirigidos a lugares que habían crecido a expensas de los ansiosos y los desubicados, los que se suben al tren antes de tiempo para no seguir siendo conscientes de lo que no saben.

Uno se desviaba hacia Nec, el pueblo habitado por los que niegan lo que no saben, la ciudad donde viven todos los necios y algunos vanidosos (hay quienes equivocadamente los llaman «egoístas» debido a un problema semántico, derivado de que una montaña de Nec, muy poblada, se llama Elego, y porque ciertamente algunas veces su acento o su manera de hablar se parece a la de los egoístas propiamente dichos; pero el gentilicio adecuado para los que viven en Elego es «ególatras». Los verdaderos egoístas son buscadores o conocedores, y no es usual que sean necios ni vanidosos).

El segundo tren se desviaba hacia Superlatus, la ciudad donde terminan viviendo los que equivocan el rumbo y, creyendo haber llegado a la sabiduría, piensan que lo saben todo aunque continúan siendo ignorantes, ahora desterrados.

Shimriti no pudo evitar compadecerse de ellos.

Capítulo cinco

Los caminos equivocados

Un necio niega que no sabe.
Un soberbio cree que lo poco que sabe es mucho.

Hasta aquí entendíamos por «autoestima» la posesión y el cultivo de una imagen positiva y engrandecida de nosotros mismos, el ensalzamiento orgulloso de nuestro yo. Ahora deberemos aprender a andar otro camino que conduce hacia otra y más genuina autoestima: la verdadera e inexpugnable autoconfianza.

Esta capacidad de confiar verdaderamente en nuestros recursos consiste, cuando es saludable, en el abandono de la identificación con toda imagen, ya sea positiva o negativa. Es una renuncia voluntaria a nuestra identidad, un salto al vacío que, si bien impide que algunas de nuestras rígidas ideas estorben nuestra acción, también nos desarma dejándonos aparentemente indefensos y vulnerables.

Reconozco que el camino previo invitaba (y con toda razón) a avanzar precisamente en la dirección contraria. Y, sin embargo, siendo un conocedor... todo aquello no importa.

Cuando la confianza no se apoya en saber con qué recursos contamos, sino en la negación de lo que no sabemos o en la ilusión de sabiduría, no estamos yendo por el camino del conocimiento sino por el de la necedad o el de la soberbia.

Se nos pretende convencer de que estamos en una sociedad libre y democrática porque en ella todo el mundo puede llegar, si se lo propone, a tener éxito, a lograr cumplir su sueño.

> El único peligro de los sueños es no poder contestar con certeza si esos sueños son propios o ajenos.

La presión social, las expectativas ajenas, nuestra necesidad de sentirnos «alguien», el deseo de ser respetados o considerados, nuestro miedo a no hacer las cosas como se debe, el temor a no decir lo que se espera y, quizá, incluso, el miedo a parecernos demasiado a lo que los demás quieren que seamos, surgen ante nuestra mirada superficial como una amenaza a nuestra identidad, y por ello, una amenaza a nosotros mismos.

Así, para seguir sosteniendo nuestro lugar en la sociedad sin perder nuestro descubrimiento, condicionamos nuestro pensamiento a nuestro comportamiento. Y lo hacemos diciéndonos cosas como éstas:

- «Es posible que no disfrute del trabajo que hago, pero me compensa el prestigio, la seguridad o el dinero que me proporciona.»
- «Es posible que no crea en mi relación de pareja, pero la seguridad emocional, la comodidad o el aura social que me aporta este vínculo son ventajas que no estoy dispuesto a perder.»
- «Es posible que tema actuar según mis propias convicciones porque eso podría llevarme a descartar lo que me han enseñado, a cuestionar a quienes fueron para

mí figuras de autoridad, y a abandonar las ventajas y los premios que la cárcel social me concede por no rebelarme.»

- «Prefiero callar mis opiniones ante amigos, familiares y compañeros porque me asusta la posibilidad de su desamor, su hostilidad o su desacuerdo...»
- «Si trabajo en esta empresa y quiero progresar, es obvio que deberé de vez en cuando adular a mis superiores, aunque ello suponga decir lo que no pienso, expresar lo que no siento y hacer lo que no quiero ni es mi obligación hacer...»

Pocos ven en todo esto un problema. Al contrario, muchos creen que cuando actúo así muestro mi sensatez o mi prudencia. Y me ayudan a no darme cuenta del elevado precio que pago por renunciar a mi verdadero deseo:

Bebo de más,
como de más,
trabajo de más,
me preocupo de más,
no me cuido,
no cuido a los que quiero,
corro detrás de placeres instantáneos,
no me siento feliz,
no mido los riesgos,
pierdo conciencia de qué es lo importante y qué lo secundario,
vivo pendiente de la opinión de otros.

Escala de valores. El orden

Si un terremoto derribara el obelisco que se yergue en pleno centro de la ciudad de Buenos Aires, los bloques de piedra esparcidos por la Avenida 9 de Julio serían los mismos que antes se alzaban al cielo. Pero sólo serían piedras y no un obelisco.

Un obelisco no es la suma de los bloques de piedra que lo componen, sino la forma, el orden, la secuencia en la que están apilados.

El conjunto de elementos que forman un ser vivo puede reunirse en un laboratorio guardando la misma proporción. Sin embargo, en el laboratorio, esos elementos seguirán formando una mezcla inerte.[25]

¿Qué provoca la diferencia entre una cosa y otra?

Evidentemente, debe tratarse de un peculiar ordenamiento de la materia, pero...

¿Qué diferencia a una persona de otra?

¿Qué hace de alguien un santo y de otro un diabólico personaje?

¿Qué hace a alguien atractivo a nuestros ojos y rechazable a otros?

La respuesta siempre es la misma: un determinado orden.

En este caso, una relación entre lo que percibimos y comprendemos y nuestra escala de valoración de las cosas.

Estos juicios de valor son el filtro a través del cual nos relacionamos con nosotros mismos y con lo que nos rodea. Por ellos, con ellos y debido a ellos juzgamos a las personas presentes y ausentes, conocidas y desconocidas; evaluamos la viabilidad de nuestros deseos e impulsos; medimos y justificamos nuestras acciones, omisiones, características internas y externas o circunstancias; y también con nuestra escala de valores sopesamos la situación social, el mundo que nos rodea y la conducta propia y de nuestros seres más queridos.

25. Véase el planteamiento de Sheldrake en la página 28.

Nuestro mundo emocional es el compendio de esos juicios de valor: estados de ánimo positivos, estimulantes o deprimentes; sentimientos de superioridad y de distanciamiento arrogante; de comunión y afecto; de arraigo existencial o de ausencia y desconexión.

Todas las evaluaciones en virtud de las cuales calificamos algo como «bueno» o «malo», con todas sus variantes —deseable o indeseable, aceptable o inaceptable— se apoyan en nuestros particulares sistemas de creencias, que son, a su vez, sistemas de valores.

Estos sistemas tienen algo en común: todos ellos definen cómo debemos ser y qué debemos hacer; cómo deben ser los demás y qué deben hacer; y, en general, cómo deben ser las cosas. Presuponen, en definitiva, que hemos determinado o creemos saber quiénes somos y qué es el mundo. Por eso, este cuento...

El barco se hunde

Un día en que la mar estaba muy embravecida, el capitán se armó de coraje y anunció a la tripulación:

—Todo parece indicar que no hay posibilidad de salvarse. Así que, por favor, rezad vuestra última oración. El barco se hunde.

Sin dudarlo un segundo, todos se pusieron a rezar, excepto el místico sufí, cuyo silencio interrumpió la plegaria murmurante de los demás. Se habían quedado azorados. No podían soportar esta omisión una vez más. No estaban dispuestos a transigir. Entre todos lo rodearon. Estaban llenos de ira y dijeron:

—Tú eres un hombre de Dios. Te hemos observado y nunca has rezado. Por respeto, porque te tenemos por hombre santo, no hemos dicho nada. Sin embargo, ahora, en esta situación, es intolerable. El barco se está hundiendo y tú eres un hombre de Dios; si rezas, tu plegaria será escuchada. ¿Por qué no rezas?

El místico respondió:

—Me gustaría que aprendierais algo en esta vida para ahorraros tiempo en la próxima. El miedo no es un buen motivo para rezar. El que reza por miedo no ha comprendido nada, mucho menos a Dios. Por eso yo no rezo.

* * *

Vanidad y soberbia

Y muchos que me despreciaron a mí, y bien por creer ellos o persuadidos por otros, se marcharon antes de lo debido y, al marcharse, echaron a perder lo que aún podían haber engendrado, y lo que habían dado a luz, asistidos por mí, lo perdieron, al alimentarlo mal y al hacer más caso de lo falso y de lo imaginario que de la verdad.

SÓCRATES

Cuando la vanidad es la única razón para la tarea realizada siempre pasa lo mismo: alguien obtiene el Premio Nobel, alguien es coronado con los laureles de la genialidad en lo que hace, alguien alcanza el máximo escalón de su actividad... Y, luego, nunca más es capaz de producir algo ni siquiera cercano a lo que consiguió cuando nadie lo premiaba.

¿Por qué suceden estas cosas tan frecuentemente?

El maestro de trapecistas

Cuentan que un grupo de trapecistas jóvenes trabajaba con esmero en un número muy especial. Su entrenamiento estaba a cargo de un viejo hombre de circo, a partir de cuya experiencia transmitía el oficio con singular dedicación.

Este hombre tenía dos actitudes totalmente diferentes. Por un lado, era muy comprensivo con cada error. Estimulaba a los jóvenes a volver a entrenar y corregir cada equivocación una y mil veces, y en cada fracaso les aseguraba que ellos eran maravillosos y que serían los mejores trapecistas. Sin embargo, se convertía en otro maestro cuando todo salía bien. Entonces les decía que la casualidad no era una buena referencia, que ellos eran unos inútiles y que, en realidad, no servían para nada.

Uno de los directores del espectáculo, que había notado esta dualidad, muy preocupado le reclamó por ella y por lo que consideraba una absurda incoherencia.

—El equivocado eres tú —dijo el maestro de trapecistas—, no hay ningún error. Cuando hacen las cosas mal los estimulo porque sé que pueden hacerlo mejor y sé que lo harán. Cuando todo lo hacen a la perfección, yo sé que la próxima vez será peor, porque mejor no puede ser, y entonces los regaño por ello. No están conmigo para ser adulados por lo que hacen bien, que dejen eso para la función.

* * *

Retomando la pregunta, estas cosas suceden porque, primero, si no decidimos ser sabios desde la cima, sólo queda camino hacia abajo; y segundo, porque si desde la cima decidiéramos ser sabios, ya no interesaría mostrarlo. Alcanzada la meta, satisfecha nuestra necesidad narcisista, silenciada la vanidad del ego, ya no quedan razones para ir más allá, ya no hay necesidad de ajustarse a la gente.

Dicho de otra manera: una vez que el autor se hace famoso, quizá decida que puede dejar de escribir.[26]

La necedad es la condición de aquellos que, habiendo sido buscadores, se asustaron un día de todo lo que no sabían y decidieron negarlo.

El necio reniega de lo que no sabe, y por eso se empecina y se encapricha. Aunque a veces se encapriche de puro necio...

Hoy no tengo brécol

Una mujer va al supermercado a comprar brécol. Se dirige al dependiente del mostrador de las verduras y dice:

—Por favor, ¿tiene usted brécol?

El dependiente contesta:

—No, señora. Hoy ya no me queda. Venga usted mañana.

Unas horas más tarde, la mujer vuelve y le pregunta al mismo hombre:

—Por favor, ¿tiene usted brécol?

—Señora, ya le he dicho que hoy no tengo brécol.

La señora se va, pero vuelve un poco más tarde con la misma pregunta. El hombre, que ya está desesperado, le dice:

—Señora... Escúcheme bien... Voy a explicárselo con un juego gramatical.

—A ver... —dice la señora en tono desafiante.

—La palabra «tomate» contiene dentro de sí la palabra «toma», ¿es correcto?

---

26. Esta frase me recuerda a alguien aunque no consigo precisar a quién...

—Correcto —dice la señora.

—Y la palabra «plátano» contiene la palabra «plata», ¿verdad?

—¡Verdad! —responde la señora.

—Ahora viene la pregunta interesante: la palabra «hoy», ¿tiene «brécol»?

—No, claro que no —responde ella con prontitud.

—¿Seguro que «hoy» no tiene «brécol»?

—¡Seguro! ¡Hoy no tiene brécol! —afirma la mujer, alzando un poco la voz.

—¡Pues bien, señora, esa es la pura verdad! —dice el dependiente—. ¡Ahora repítalo hasta que usted misma se convenza!

* * *

No te encapriches, eso irrita a la gente sin necesidad.

No pretendas enseñar a quien no quiere aprender y no quieras que te enseñe el que no tiene deseos de compartir lo que sabe.

No pretendas ser mejor que los que intentan ayudarte.

No exijas privilegios ni pretendas ser tratado como alguien especial.

No seas prepotente. No irrites a sabiendas a la gente.

Mantenerse en lo que no es posible es la típica actitud de los necios.

Las dificultades, cuando las hay, aparecen por sí solas, no las incrementes.

Si quieres ser el mejor crearás competidores.

Si pretendes ser especial, habrá quienes no lo admitan.

Si vives maltratando, rezongando, despreciando, surgirán discusiones, controversias innecesarias y enemistades.

Tampoco creas que hace falta ser franco y abierto con todo el mundo. No es necesario que tu verdad lastime para ser sincera.

En resumen: evita tanto como sea posible agravar las cosas.

La paciencia de Buda

Hubo un tiempo en que la gente estaba muy en contra de las ideas y la actitud de Gautama Buda. En aquella época, cada vez que él pasaba por un pueblo, solía ser insultado y despreciado por la mayoría, a la que le era imposible comprender lo que Buda estaba enseñando.

Buda escuchaba en silencio y después decía: «¿Habéis terminado? ¿Puedo marcharme? Tengo que ir a otro pueblo y me deben estar esperando. Si no habéis acabado, puedo volver mañana y cuando venga terminaréis vuestro trabajo».

* * *

Si realmente sabes algo que los demás no saben, asegúrate de encontrar en ti el punto mayor de humildad antes de atreverte a enseñarlo.

Y no tardes.

No se puede esconder una luz debajo de un arbusto. Cuando lleguen los que buscan y se reúnan a tu alrededor, verán la luz que escondes y se irritarán contigo por privarlos de la luz. Es cierto que probablemente se enojarán contigo de todos modos, pero ese momento llegará demasiado rápido si no eres cauteloso.

A lo largo de la historia el gran daño lo han hecho los que dijeron «esta es la verdad» y no los que sostenían no saber. La catástrofe siempre siguió a la llegada al poder de los que se creían mejores. Nunca un maestro pudo empujar a un discípulo a un error grave; si lo hizo, no era un buen maestro y no lo movía el amor, por lo menos no el amor a otros...

Recuerdo la parábola del lirio y el pájaro que muchos atribuyen a Kierkegaard.

El lirio y el pájaro

Había una vez un lirio que crecía sano en un lugar apartado, junto a un arroyo. El lirio vestido hermosamente vivía despreocupado y alegre durante todo el día. El tiempo pasaba felizmente sin que él siquiera se diera cuenta. Y sucedió un buen día que un pajarillo fue a visitar al lirio, y habló con él de tonterías y cantó alguna cancioncilla. El pájaro volvió al día siguiente, y al otro, y al siguiente... Después de una semana, de pronto se ausentó unos cuantos días, hasta que al fin otra vez regresó diariamente. Esto le pareció al lirio extraño e incomprensible; pero sobre todo le pareció caprichoso. Pero lo que suele acontecer con frecuencia también le aconteció al lirio: a medida que se alternaban sus visitas con sus ausencias se iba enamorando más y más del pájaro, quizá justamente porque el lirio nunca había conocido a nadie tan caprichoso.

Aquel pajarillo no era un buen pájaro, de buena familia o de buen corazón. En vez de alegrarse por su belleza y regocijarse a su lado con su frescura e inocencia, trataba casi todo el tiempo de darse importancia, utilizando para ello su libertad y haciendo sentir al lirio lo atado que estaba al suelo.

El pajarillo era además un charlatán y narraba al tuntún

cosas y más cosas, verdaderas y falsas; contaba cómo en otras tierras había otros muchos lirios maravillosos, junto a los cuales se gozaba de una paz y una alegría, un aroma, un colorido y un canto de pájaros indescriptibles.

El pájaro daba fin a cada historia con alguna variación de la siguiente frase: «Comparado con ellos pareces un don nadie. Eres tan insignificante que no sé con qué derecho te llamas a ti mismo un lirio».

Cuanto más escuchaba al pájaro, mayor era la preocupación del lirio. No podía dormir tranquilo ni despertarse alegre. Se pasaba el día entero pensando que era un desgraciado, que estaba encarcelado y atado al suelo, que no era justo.

El murmullo del agua, que siempre lo había acompañado, se le antojó aburrido y los días se le hicieron cada vez más largos.

Y empezó a hablar consigo mismo:

—Es muy fastidioso esto de tener que oír eternamente un día tras otro lo mismo... Es algo inaguantable. Y encima parecer tan poca cosa como yo... Ser tan insignificante como el pajarillo dice que soy... ¡Ay! ¿Por qué no me tocó existir en otra tierra, en otras circunstancias? ¿Por qué no habré nacido yo en aquella tierra lejana? Yo no aspiro a lo imposible, a convertirme en algo distinto de lo que soy, por ejemplo en un pájaro; mi deseo es simplemente llegar a ser un lirio maravilloso, a lo sumo el más maravilloso de todos.

Mientras tanto, el pajarillo iba y venía, y en cada visita y cada despedida hacía crecer la inquietud del lirio.

Por fin, un día, la flor se confió completamente al pájaro y le contó sus deseos. Le pidió ayuda para cambiar.

Por la mañana temprano vino el pajarillo; con su pico echaba a un lado la tierra que rodeaba la raíz del lirio para que éste pudiera quedar libre. Terminada la tarea, el pájaro se irguió vanidoso, guiñó un ojo al lirio, sacó pecho y, tomando al lirio, lo levantó en el aire y lo partió.

El pájaro había jurado llevar al lirio allá donde florecían los otros lirios maravillosos; después lo ayudaría a quedarse plantado allí y, gracias al cambio de lugar y al nuevo entorno, sería el pájaro el primer testigo de la transformación.

¡Pobre lirio, se marchitó por el camino!

Si el preocupado lirio se hubiera contentado con ser lirio donde nació, no habría llegado a preocuparse; y sin preocupaciones podría haber permanecido en su lugar, y hubiese sido precisamente ese lirio el mejor lirio que él pudiera llegar a ser.

* * *

El necio actúa como el lirio de la historia, sucumbiendo a las sugestiones del soberbio mal maestro y escapando hacia la necesidad de vivir de comparaciones. Se compara porque mira hacia fuera para saber quién es, cómo debe ser y cuál es su valor.

El hombre sabio, como veremos, es como un niño; no se mide con nada ni con nadie. Se limita a ser lo que es. Y «ser» es siempre gozoso. Quizá no sepa claramente quién es. No tiene una idea exacta de sí mismo ni de los demás, ni necesita tenerla. Está satisfecho con su condición, sea cual fuere.

Hay quienes teniendo poco se sienten ricos y, luego, pasado el tiempo, se creen pobres aunque no tengan menos. Si les preguntas te dirán: «Antes era completo tal y como era, y estaba satisfecho con lo que tenía. Ahora todo me hace saber que aún no soy nada ni nadie comparado con los demás, y lo peor es que me lo creo». Estas personas no deberían preguntarse qué les falta tener, sino cómo perdieron su auténtico ser.

Enrique Borrello

Después de haber transitado el camino del buscador, por un tiempo te enfrentarás inevitablemente con un importante ataque de tu vanidad.

Empezarás, sin querer, a creerte un *poquiiito* mejor que los demás.

Empezarás a comportarte como un dotado.

Empezarás a sentir y a exhibir que no eres un mortal común y corriente, que eres extraordinario, que no eres de este mundo, que eres trascendente.

Pero, aunque todas estas cosas sean ciertas, y sobre todo porque son ciertas, no alardees...

Un caballo en la bañera

Un día, mi amigo Eduardo caminaba por la céntrica calle de Santa Fe, en Buenos Aires, cuando vio con sorpresa cómo una mujer trataba de empujar un caballo hacia el interior de un más que lujoso edificio. Sin darse cuenta, se quedó de pie mirando la absurda situación. Al notar la presencia del inesperado espectador, la mujer le dice:

—¡Oiga usted, señor! ¿No podría echarme una mano?

Mi amigo Eduardo es ciertamente un caballero, así que con energía se acercó y ayudó a meter a la bestia en el vestíbulo de lustrado mármol del edificio.

—Ya que está aquí —dijo la mujer—, ¿por qué no me ayuda a meterlo en el ascensor?

Eduardo se encogió de hombros y tiró de las correas del caballo al tiempo que la mujer empujaba al animal desde atrás hasta entrarlo por completo en el cubículo.

Atrapado junto a la botonera del ascensor, Eduardo no tuvo más remedio que aceptar la petición de la mujer que le decía desde el otro lado del caballo:

—Pique el piso doce, por favor.

Cuando el ascensor se detuvo, entre los dos entraron al caballo en el lujoso piso de la señora. Mi amigo Eduardo se empezó a sentir incómodo con la situación. Semejante animal en medio de suelos alicatados, paredes enteladas y sillones con brocados...

—Usted debe pensar que estoy loca... —le dijo la señora.

Mi amigo Eduardo es un caballero, esto es innegable, pero tampoco le gusta mentir:

—Esto... Pues sí —le contestó.

—Hagamos una cosa —propuso la señora—. Si me ayuda a llevarlo al dormitorio le doy una explicación.

Eduardo sintió cierto revoltijo en el estómago, pero como es un caballero y además bastante curioso, aceptó. Entre los dos empujaron al caballo hasta el dormitorio. Más específicamente al baño de la suite. Más específicamente a la bañera...

Allí la mujer ató con resolución las riendas a la ducha e invitó a Eduardo a un bien ganado café.

—Le explico —dijo la mujer—. Yo estoy casada con un necio, ¿sabe usted? Y la verdad es que estoy harta de su actitud. Cada vez que le digo «Hugo, son las seis», él me contesta: «Ya sé que son las seis». Yo insisto y le aclaro: «Te lo digo porque quedamos en ir a lo de los Rodríguez». Y él me dice: «Ya sé que quedamos en ir a lo de los Rodríguez». «Claro, pero hoy es viernes y hay mucho tráfico», intento aclararle. Y él me dice burlonamente: «Ya sé que los viernes hay mucho *tráficoooo*». Me tiene harta...

—No entiendo —dijo Eduardo, que es, definitivamente, un caballero.

—Hoy es martes —explicó la señora—, mi marido vendrá tarde de jugar al tenis, como siempre. Y vendrá apurado para no llegar tarde a la función de teatro a la que tanto quería ir. Entrará casi corriendo por esa puerta, se quitará la camisa en el comedor y los pantalones en el pasillo yendo hacia el dormitorio... Tirará su ropa por el suelo y entrará rápidamente a ducharse para poder salir enseguida. Unos segundos después saldrá desnudo, cubierto con el albornoz y gritando: «¡¡¡María, hay un caballo en la bañera!!!», y entonces habrá llegado mi gran momento. Lo miraré y le diré: «Ya *séeeeee* que hay un caballo en la bañera...»

Eduardo se levantó sin decir palabra y se fue; sobre todo porque Eduardo es un caballero.

* * *

Hay que ser muy cuidadoso. El que no se ha dado cuenta de nada puede descuidarse, se lo puede permitir, porque no tiene nada que perder. El camino a la sabiduría es angosto, y justo a su orilla hay un gran abismo. Un simple paso en falso y caerás; y caerás de mala manera. Si te caes andando por una pequeña calle de tu barrio no hay demasiado peligro, pero caerse desde el Everest es muy peligroso: quizá no logres sobrevivir. Puede costarte años recuperarte, o incluso toda la vida...

Y uno de los montes desde el cual puedes caer es la búsqueda de resultados.

La vanidad está siempre orientada hacia los resultados y, como la mente, nunca está interesada en el acto en sí mismo.

El interés de ambas es:

«¿Qué se puede ganar con ello?»
«¿Para qué me serviría?»
«¿Cómo podría beneficiarme de cara al futuro?»
«¿Que daño podría evitar?»

Si en cualquier caso se pueden obtener ganancias sin pasar por la acción ni correr riesgos, los canallas y los aprovechados elegirán siempre el atajo.

Los vanidosos se hacen muy astutos, porque son capaces de encontrar atajos. Así han llegado al lugar donde están, aunque ese lugar sea detestable.

Si quisieras ganar dinero de manera legal, puede que te llevara toda tu vida. Pero siempre puedes ganar dinero de otras formas: podrías transformarte en contrabandista, convertirte en ladrón o probar con el juego. Ciertamente podrías intentar convertirte en líder político, en ministro de una extraña religión, en presidente de una empresa dedicada a la estafa de ingenuos o en líder de una secta de salvación.

Aunque los critiquemos y descartemos, todos esos atajos están a nuestra disposición.

Las personas astutas, no necesariamente son sabias. Simplemente se han vuelto listas. A partir de haber leído y estudiado, la persona se educa, espabila y nueve de cada diez veces decide que quiere tener el máximo posible haciendo lo menos posible.

> Entre los necios y los soberbios todo se mide en términos de astucia y se evalúa por los resultados.

Si tomáramos como cierto e incuestionable el famoso dicho de la copla «tanto tienes, tanto vales», deberíamos concluir que para valer más hay que poseer más.

Otros sostienen: «Con tiempo y esfuerzo tendré la fortaleza o el poder que no tuve cuando me sentía débil. Repitiendo lo que otros pensaron llegaré a la inteligencia y al conocimiento que no tengo cuando me creo inferior. Sólo siendo mejor de lo que soy hoy, estaré contento conmigo».

Pero la verdad es que por este camino sólo lograré ser cada vez más parecido a aquellos con los que me he identificado.

Cuando alguien planta la semilla de un árbol, no duda que si la tierra cumple un mínimo de condiciones adecuadas, esa semilla llegará a ser un árbol. Esta confianza se basa en el conocimiento de la lógica de la vida que la semilla ya tiene. De algún modo, dicho árbol ya está en ella en potencia. La semilla tiene en sí toda la sabiduría que necesita para su desarrollo.

Ahora bien, imaginemos una semilla más humana...

Un hermoso arbolito crece normalmente. Un día, sin ninguna razón, se queda fascinado por una ramita que le ha salido. Le gusta tanto que se identifica con esa imagen de sí mismo y cifra ahí su identidad. A partir de este momento, al árbol, necio, ya no le basta *ser*, sino que se empeña en *ser de una manera* particular, quiere ser de la mejor manera, quiere ser siempre igual a la rama que lo fascina.

Esa bella rama es la que se convierte, paradójicamente, en el freno a su crecimiento natural; es la razón de ser del árbol deforme y enano en el que termina convertido.

Y todo por el equívoco que, al servicio de la vanidad, lo llevó a pensar que él era aquella hermosa ramita... Cuando en realidad era mucho más.

El movimiento de fuerzas y esfuerzos entre lo que creo ser y lo que «debo» llegar a ser, puede llegar a definir el argumento de nuestra existencia mientras vivimos en la ignorancia y arruinar el resto de nuestra vida si lo sostenemos volviéndonos necios o soberbios.

Shimriti

Cuarta parte

Y aquí estaba Shimriti, después de tanta dedicación y disciplina, a bordo del tren que la alejaría de Data, la ciudad en la que tanto había crecido, para dejarla en Gnosis, la gran ciudad del conocimiento.

Hubo otros maestros, otros que le enseñaron cosas tanto o más importantes, pero a ninguno de ellos tuvo tanto que agradecer. Aquel, su primer maestro, la había sacado de La Ignorancia simplemente por amor.

«Algún día —pensó— haré lo mismo por alguien.»

El tren partió apartando su dirección de los trenes que se dirigían a Nec y a Superlatus. Cuando esas otras dos vías desaparecieron en el horizonte, el paisaje se volvió llano y bello, y a lo lejos empezó a verse la silueta de una ciudad que parecía agrandarse recortada en el horizonte. Apenas una hora después, la viajera vio por las ventanillas cómo, poco a poco, el tren se detenía, exactamente delante del cartel de la estación en el que se leía:

«Gnosis, la ciudad de los conocedores».

En cuanto bajó el último escalón, Shimriti se dio cuenta de que todos los habitantes de aquel lugar sabían muy bien lo que hacían. Pero no sólo eso, también sabían lo que decían, lo que creían y lo que eran.

Los conocedores sabían de todo, y hasta sabían que lo sabían.

Y ella misma también lo supo.

Después de disfrutar de una pequeña caminata de reconocimiento, Shimriti no tuvo dudas de lo que quería. Decidió ir directamente hacia el Monte de los Maestros, donde se entrenaba a los conocedores en el arte de comunicar a otros lo que sabían.

Ella sabía que debía pasar por allí si quería devolver a otros lo que había recibido.

Capítulo seis

El maestro

El conocedor o maestro es el que sabe que sabe.

A fuerza de dudas y sed de conocimiento, el buscador comienza a interactuar con otros puntos de vista. Se da cuenta de que está en un ámbito de sombras, que nada es completamente oscuro ni totalmente luminoso. Comienza a distinguir los matices, comienza a adentrarse en la crítica de su propio descubrimiento de sí mismo.[27]

El buscador que consigue llegar a Gnosis ya es un ser centrado y conoce casi todos los mecanismos del poder. Continúa siendo un egoísta y ante todo se elige a sí mismo, pero trabaja intensamente día a día para establecer un equilibrio entre lo que su entorno le intenta imponer y lo que él desea hacer. En esto se basa su nueva conquista: la autodependencia.

Ahora no persigue la acumulación de conocimiento; la cantidad no es para él un valor, pero sí la calidad. Lo aprendido le permite trazar su propio mapa y afrontar el desafío de recorrerlo. Haber llegado hasta aquí supone, además, que es lo suficientemente adulto como para elegir qué desea comer y procurarse ese alimento; ya ha comido durante lar-

---

27. Emmanuel Kant diría «la edad de la crítica».

go tiempo de lo que le han dado en la boca, cuando era un niño y mientras vivió en la Ignorancia.

Antes no tenía alternativas, ahora está dispuesto a probar nuevos rumbos.

Antes era un esclavo, ahora es libre.

Antes sólo evaluaba los resultados, ahora ha descubierto su amor por la verdad.

Y esto es ya un problema.

El mundo vive de mentiras.

El autoengaño, la falsedad y la distorsión son, para algunos, ámbitos muy confortables, seguros y acogedores.

Siempre es posible crear una mentira a tu medida, una «verdad» que se ajuste a tus necesidades.

No cuesta mucho. Mentiras aceptables y fascinantes se pueden encontrar por todas partes.

Pueden ser muy hermosas a los oídos de los demás y de ti mismo si te ocupas de ello.

Lo «mejor» de las mentiras es que se ajustan a ti, nunca requieren que tú te ajustes a ellas.

Son muy amables, no requieren nada de tu parte; no te exigen, no te obligan a comprometerte. Están listas para servirte.

> La Verdad, en cambio, no está para servirte; tú tendrás que servir a la Verdad.
>
> La autenticidad sólo puede ser total; no admite concesiones. Si las admitiera, no sería tal.

Cuando te conviertas en servidor de la Verdad, y la contemples desde donde estés, en lugar de creer que te pertenece y que te sigue, serás un conocedor, un maestro, un genio o un iluminado, y habrás llegado a destino.

«Sabiduría —nos decía Heráclito— es poder decir la verdad.»

El mundo es...

Hagamos juntos un pequeño ejercicio.

Completa esta frase sin pensar demasiado:
«El mundo es...» (Termínala con lo que a ti se te ocurra que define el mundo y lo que hay en él).
Si yo compartiera contigo lo que ahora se me ocurre, diría:
«El mundo es... una enorme pelota rebotando por el universo».

Hazlo ahora, antes de seguir leyendo. Y, si tienes oportunidad, anota tus frases en un papel cualquiera.

No te quedes con una sola. Sigue...
«El mundo es...»
«El mundo es...»

Escribo mi segunda frase:
«El mundo es un lugar extraño que te muestra primero sus peores aspectos y al que hay que explorar si quieres encontrarle algo bueno».

Hazlo ahora, para sacarle más jugo al ejercicio. Y si no tienes con qué escribir, sólo recuerda lo que has pensado, cada frase, palabra por palabra.

¿Ya está?...

Bien, acompáñame ahora en el trabajo arduo de «darnos cuenta».

Reemplacemos en nuestras frases «El mundo es...» por «Yo soy...», y mantengamos el resto tal como lo escribimos.

Las mías quedarían así:

«Yo soy... una enorme pelota rebotando por el universo.» (Creo que debería ocuparme de ponerme a dieta de una vez por todas...)

«Yo soy... una persona extraña que te muestra primero sus peores aspectos y a la que hay que explorar si quieres encontrarle algo bueno.» (Pues... sí.)

Intenta utilizar este ejercicio para darte cuenta de algo de ti, para confirmar lo que ya sabías; pero también para tomar conciencia de esto:

> Veo el mundo de acuerdo con lo que soy yo,
> al menos, de acuerdo con lo que veo en mí.

La gente se pelea. Unos dicen: «El mundo es malo». Otros: «El mundo es bueno». Y el mundo no es así, ni es de aquella otra manera.

El mundo tiene espinas, tiene rosas, tiene noches y tiene días. El mundo es absolutamente neutro, equilibrado y lo incluye todo.

Unos proponen *cambiar el mundo* (es la idea de la mente científica), otros *cambiar la propia mirada* (es el sentir del mundo interno). Son dos puntos de vista diametralmente opuestos: la ciencia buscando en lo externo y el alma, la emoción o la sabiduría, en lo interno. Pero los sentimientos (pura emoción) y el pensamiento (pura razón) tarde o temprano habrán de encontrarse, porque su búsqueda es la misma. Se reunirán más rápido si las personas descubrimos el mundo espiritual. Y es imprescindible, porque la sabiduría sin ayuda de la ciencia jamás será suficiente y la ciencia sin sabiduría llegaría a destruir el mundo.

> El pesimista construye un infierno a su alrededor y luego decide mudarse para vivir en él.

En muchos aspectos, el mundo depende de ti y de lo que escojas. Si has decidido mirar sólo lo malo, vivirás en un mundo terrible y dañino. Si, por el contrario, ves lo mejor a tu alrededor, tendrás la posibilidad de encontrar un mundo donde valga la pena vivir.

Inténtalo, prueba a ver la vida en términos optimistas...

En conexión con tu arista más espiritual, podrás entender que, si cambias tu actitud interna, el mundo externo también cambiará. El mundo de los demás quizás sea el mismo, pero tus ojos son ahora diferentes; tú no eres el mismo. Y no es el mero hecho de que tú lo veas diferente, sino que, en efecto, tu cambio provoca un cambio en el mundo.

Bayazid de Bistam, un místico sufí, solía contar en sus últimos años la siguiente anécdota.

«Al principio preguntaba a la gente: ¿Dónde está Dios? Y un día el milagro sucedió y empecé a preguntar: ¿Dónde no está Dios?»

Empieza con lo negativo y encontrarás lo positivo.

Los sabios de la India suelen utilizar esta metáfora: ¿Has cavado alguna vez un pozo en busca de agua? Aunque estés cavando en el lugar correcto, al principio sólo encuentras tierra, rocas y basura. Después de mucho trabajo encuentras el lodo, que lo ensucia todo y dificulta el trabajo. Un poco más abajo llegas al agua, aunque al principio está muy sucia y contaminada. Y, si sigues cavando, llegarás al agua limpia, que brotará cada vez más pura.

Exactamente lo mismo nos pasa cuando exploramos nuestro propio ser.

Al principio es duro y frustrante: lo que encuentras es siempre desagradable y maloliente; pero confía y persevera, porque al final aparece siempre lo mejor de ti, el más puro, prístino y transparente «tú» que existe.

> El trabajo siempre hay que hacerlo con lo negativo; lo positivo es la recompensa.

Un buscador está orgulloso del camino recorrido, aunque sabe que le queda mucho por recorrer. El conocedor sabe que su camino se agranda a medida que lo va recorriendo, pero tiene además la certeza de su finitud. Por eso se da cuenta de que hay muchas cosas que nunca llegará a hacer y otras que jamás llegará a conocer.

Es evidente, incluso para los buscadores, que la satisfacción de las necesidades se acompaña de una subjetiva sensación de alegría, de placer o de sosiego (como sucede cuando bebemos un vaso de agua fresca estando sedientos); pero al llegar aquí, el conocedor descubre que no todos los dolores ni todas las alegrías provienen de cosas tangibles o descriptibles.

Yo mismo, que nunca he llegado tan lejos, me he cruzado al menos cuatro o cinco veces con personas que parecían tenerlo todo: un buen trabajo, educación, dinero más que suficiente, una pareja aparentemente maravillosa y una salud envidiable. Sin embargo, no podían evitar una profunda sensación de vacío y de futilidad; una odiosa pregunta silenciosa: «¿Y esto es todo?»

> Ese vacío existencial es un dolor «esencial», no se solventa con nada que se pueda *tener*.

Nunca avanzaremos si creemos que se trata de un vacío relacionado con la necesidad de cosas, de experiencias o de logros. Ninguna cosa, persona, situación, actividad o adquisición puede llenarlo, porque se trata de un vacío de nosotros mismos; un vacío que muchas veces se corresponde con la ausencia de un sentido para nuestra vida.

Demasiadas veces los que logran una meta perseguida con ahínco durante años encuentran en dicho logro el preámbulo de una pesadilla, pues la carrera hacia el éxito y el reconocimiento los ha encarcelado en una fachada. La identidad ha logrado su meta, pero el Yo esencial ha sido olvidado.

Lo que soy: ¿apariencia o realidad?

Cada descripción está condicionada por los instrumentos de observación de los que se disponga en cada caso y por un determinado lenguaje, que a su vez presupone un modelo descriptivo. Es conocido el hecho de que para los esquimales existen por lo menos quince palabras que se traducirían al castellano como «hielo». Nosotros no necesitamos diferenciar esos estados, pero para ellos es vital.

Así, para los niños que habitan en un mundo mágico de padres idealizados y reyes generosos y omnipotentes, el mundo es un lugar seguro, protegido y proveedor. Un universo diseñado para nuestro placer y satisfacción, que lo único que nos exige es ser obedientes, buenos niños.

Sin embargo, la explicación o la concepción que tengamos del mundo no es suficiente para aumentar nuestra comprensión. La explicación es un mapa y un mapa puede sernos muy útil, desde luego, pero únicamente en la medida en que sepamos que sólo es un mapa y que su valor es exclusivamente instrumental y orientativo.

> La fotografía de mi tía no es mi tía, del mismo modo que la palabra fuego no quema.

Es innegable que el hombre sólo puede comprenderse a través del pensamiento; y el hombre pensante está forzosamente asediado por la duda, (el prefijo *du* significa división o dos). Al mismo tiempo, reflexionando sobre su vida, el conocedor toma conciencia de que cada vez es más libre y no depende ideológicamente de nada ni de nadie; porque el individuo es también su propio creador y el gran responsable de su vida.*

---

* «Individuo» quiere decir *no-dividido*.

> La costumbre —en cierto modo cientificista— de volver absolut nuestra particular manera de analizar las cosas es tan miope como la actitud de un jugador de ajedrez que se permite decir a los que juegan a las damas que el modo como mueven sus piezas es incorrecto y carece de sentido.

El arqueólogo

Un viejo chiste iniciático cuenta que, en su viaje por Oriente, el científico e investigador ganador del Premio Oxker-Kugben encontró un cartel tallado en piedra que decía:

Ruinas Egipcias

Con empeño, lo destrozó con su pequeña hacha de explorador. De regreso a la civilización, aseguró a la comunidad científica que aquel cartel mentía, pues en él no había nada de egipcio...

* * *

La palabra «apariencia» tiene dos significados para nosotros. Uno es neutro: la apariencia entendida como lo directamente perceptible en algo. El otro lleva cierta connotación negativa: la apariencia entendida como lo ilusorio o lo que incita al engaño.

Pero estos dos conceptos no se excluyen. La filosofía perenne ha aludido a la capacidad que tiene la realidad de ser fuente de ilusión, de cautivar y absorber nuestra mente y nuestros sentidos haciéndonos olvidar que la apariencia es únicamente eso, apariencia; en el sentido de ser la expresión de algo que está más allá de ella misma.

La sabiduría no dice en ningún momento que haya que desdeñar el mundo que percibimos para acceder a «la Realidad» (que supuestamente «se oculta» detrás de él). Al contrario, está claro que la apariencia es sólo parte de la forma de manifestarse de esa realidad.

> Lo que denominamos «mundo», lejos de ser una realidad incuestionable e independiente de nosotros, es algo que construimos e interpretamos a partir del pequeñísimo porcentaje de información que recibimos a través de los sentidos, que sólo captan un número muy limitado de impresiones.

Por eso nuestra visión contiene, desde el principio, un cierto nivel de imaginación, de interpretación y de relleno.

Cuando decimos o pensamos «mesa», «silla» o «yo», creemos conocer la naturaleza de aquello que así denominamos y, por lo mismo, sentimos tener cierto control sobre ello. Pero, ¿es realmente así?

La sabiduría nos da una respuesta unánime a esta pregunta:

NO.

Para el taoísmo, todo lo que solemos llamar «el mundo que habitamos» no es más que una serie de olas en el océano inconmensurable (el Tao) de la totalidad real.

«Nuestra mente ordinaria, en complicidad con los sentidos —dice Lao Tse—, sólo puede conocer esas olas fugaces y volubles. Pero, más allá de ese vaivén, posibilitándolo y sosteniéndolo, aparece la Vida, insondable, ilimitada, inagotable.»

Cuando miras algo, seguramente estés viendo la esencia de las cosas, pero te imaginas que solamente ves una nube o un árbol.

NISARGADATTA

Nuestro lenguaje, la forma como llamamos a cada cosa, a cada persona, a cada situación, sumado a nuestra capacidad conceptual de pensar, es decir explicar, argumentar, justificar y prever, nos proporcionan, sin duda, un control funcional sobre nuestro mundo interno y externo: nos permiten describirlo, catalogarlo, dividirlo, organizarlo y compartirlo.

Pero te aseguro que no nos dan a conocer la naturaleza esencial del mundo ni de ninguna de las cosas de él; no nos proporcionan un conocimiento de las cosas en su intimidad.

Confundimos los límites propios de la realidad de las cosas con la manera como las vemos o pensamos, olvidando nuestra limitadísima capacidad perceptiva.

Al conocer a alguien, no percibimos directamente a la persona en sí, sino ciertos rasgos, determinado color de piel, algunos gestos específicos, cierto tono de voz, una manera de comportarse... Esto equivale a decir que conocemos su apariencia. Y aunque sabemos que las personas son más que lo que vemos, decimos que tal o cual persona es de tal manera o de tal otra (lo cual es verdad aunque no sea toda la verdad).

Cuando oigo una voz, oigo a esa persona; cuando rozo su piel, rozo a esa persona; lo que no hay que olvidar es que ella es mucho más.

Obviamente, también nos pensamos a nosotros mismos, nos construimos, nos interpretamos y nos imaginamos según cómo nos percibimos. Nos completamos y dibujamos más o menos a nuestro antojo con las pequeñas correcciones que motiva la mirada ajena.

Pero, ¿quién soy yo?

Suponemos de nosotros mismos que tenemos una determinada identidad. Nos vemos y tratamos de presentarnos de acuerdo con esa autoimagen, muchas veces tan distante de la realidad que otros construyen...

La identidad es el acto de identificación gracias al cual nos descubrimos pensando:

«Yo soy esto, pero no soy aquello.»

«Esto es mío, pero eso otro no lo es.»

«Tengo ciertas cualidades, pero también ciertos defectos...»

«Me faltan muchas cosas, pero poseo otras que me compensan...»

«Tengo a mis hijos, mi estatus, mi trabajo.»

«Tengo mis conocimientos, mi carrera, mis influencias...»

La suma de estas y otras frases parecidas afirma la idea que tengo de mí mismo y me ayuda a pensar que me conozco. Desata la idea de que tengo control sobre mí y, por ende, control sobre mis acciones y emociones.

Partiendo de esa fantasía, me tranquilizo apostando por mi capacidad de poder insertarme en el universo.

Nos narra Chuang Tzu una curiosa historia.

La extraña belleza de Hsi Shih

Cuando la bella Hsi Shih en su pequeño pueblo fruncía el entrecejo por alguna pena de su corazón, todos los vecinos la encontraban bellísima.

Una mujer muy fea del mismo pueblo, que también veía a Hsi Shih más hermosa cuanto más apenada, decidió mejorar su propio aspecto siguiendo su ejemplo. Todos los días, al salir de su casa, oprimía su corazón llenándose de preocupaciones y fruncía el ceño. Al mirarla, los habitantes del barrio la veían más fea todavía. Si eran ricos, cerraban ruidosamente las puertas de sus mansiones y no salían de ellas; si eran pobres, cogían a su mujer e hijos y huían del pueblo.

La mujer fea insistía variando la manera de fruncir el entrecejo, pero nunca tuvo éxito. El pueblo se fue vaciando, pero ella nunca pudo descubrir en qué radicaba la belleza del entrecejo fruncido de Hsi Shih.

* * *

La belleza no pretendida y no consciente de sí misma de la bella Hsi Shih es una metáfora de la esencia personal tuya, querido lector. La imitación grotesca de la mujer fea, una metáfora de tu *deber ser*.

> Agregada a toda nuestra distorsionada percepción de la realidad, aparece nuestra voluntariosa actitud de tratar de ser de una manera determinada.

Pretendemos esforzarnos para conseguir dejar de ser de la manera que somos.

Un conocedor no pretende ser virtuoso, inteligente, revelador ni dotado, pero es consciente de quién es y lo transmite sin desearlo.

La virtud de un maestro es su fidelidad a su propio ser, el respeto consciente y activo por lo que ya es y sabe que es.

La esencia no es algo que tenga que buscarse, alcanzarse, procurarse ni adquirirse; sencillamente no hay que obstaculizar su libre expresión.

No se trata aquí de la desintoxicación de los mandatos que determinaban mi identidad desde fuera, de la que hablamos al referirnos al buscador. Aquí es el descubrimiento de que en un ser vivo dinámico como el nuestro, en un mundo cambiante como el que habitamos, en una realidad fáctica tan impredecible como la de estos tiempos, ¿qué sentido podría tener la pretensión de ser siempre los mismos, es decir, tener una identidad definida?

No es posible bañarse dos veces en el mismo río.

HERÁCLITO

Tanto el ignorante como el buscador experimentan como amenaza todo lo que cuestiona su autoimagen y como positivo todo lo que la confirma o eleva. Ambos creen, cada cual a su manera, que su vida social, seguridad y afirmación personal dependen del mantenimiento y del engrandecimiento de sus imágenes sobre sí mismos.

El ignorante trata de parecerse a lo que el exterior le dice que debe ser.

El buscador confunde la expresión cambiante de su ser con una nueva identidad adquirida, sin condicionamientos.

Tratando de ser esto o aquello, ambos se olvidan de abandonarse a lo más gozoso y fácil: simplemente ser.

El maestro, en cambio, elige respetar su propio fluir espontáneo limitándose a ser y abandonando las identificaciones mentales, incluso aquéllas por las cuales nos obstinamos en ser mejores.

Saber o creer

Sube hasta lo más alto, porque las alturas guían sólo en
las alturas.
Ve hasta las raíces, porque allí están los secretos, no en las
flores.

ANTONIO PORCHIA

Antes de querer saber más, es importante ser congruente con
cada cosa que encaro, con cada concepto que me define, con
cada pedazo de la verdad en la que creo. Cuanto más profundo voy, más y más profundamente me conozco.

Cuando creo ciegamente en algo que no sé, empiezo a
acumular oscuridad.

Es posible que, más adelante, en el camino, llegue a descubrir que el saber al que llegue será el mismo en el que me
habían dicho que creyera. Pero, aún así, por ahora, es
importante conocer la diferencia entre creer y saber...

Creer es opinar, y no tiene nada de malo.
Saber es tener certeza, y es muy tranquilizador...

Yo no *supongo* que mañana saldrá el sol. Yo lo *sé*. Y también sé que no es lo mismo...

Otros pueden contarte cómo han conseguido llegar a este
lugar. Pueden escribir sobre las dificultades que debieron evitar, qué los ayudó y qué les hizo daño. Y tú puedes creerles.

Muchos podrían darte pequeñas pistas acerca del camino, pero nadie puede ofrecer fotografías ni rutas selladas; porque cada individuo es único y tendrá que pasar por experiencias únicas. Experiencias que tal vez nadie ha tenido antes y que quizá nadie vaya a tener jamás.

> Porque nadie puede saber por ti.
> Nadie puede crecer por ti.
> Nadie puede buscar por ti.
> Nadie puede hacer por ti lo que tú mismo debes hacer.
> La existencia no admite representantes.

Algunas cosas que sucederán en tu camino no le sucedieron a tu maestro en el suyo.

Algunas cosas que sucederán en tu camino no sucedieron ni sucederán en el mío.

Podrías creerme, pues te aseguro que lo que te digo es cierto. Sin embargo, nunca lo sabrás hasta que lo hayas vivido.

No habrás llegado hasta que sean tus pies los que pisen la senda.

Nadie puede estar exactamente en tu lugar y tener tu mismo punto de vista, ni siquiera aquellos que están muy cerca de ti.

El maestro que sabe

El verdadero maestro que ha alcanzado la cima siempre será liberal y considerado. No es posible que sea testarudo, nunca le escucharás decir: «Este es el único camino». No sólo porque existen en el mundo tantos caminos como personas, sino porque desde arriba siempre se puede ver que hay muchos caminos. Cuando el maestro se haya elevado a la sabiduría (después de haber llegado a la cima y seguir subiendo, ¿recuerdas?), verá incluso algunos senderos por los que nadie ha conseguido subir, ni siquiera él mismo.

Desde la cima, el maestro puede ver a los que suben, descubriendo, recorriendo y trazando cada uno su propia ruta, y puede, si el discípulo se deja, mostrar un atajo o avisar de un abismo...

Durante siglos el maestro fue el prototipo de hombre virtuoso.[28] El término «virtuoso» (*virtus* significa potencia o esencia) no designaba al que actuaba de una determinada manera, sino al que estaba en contacto con su esencia, con su potencia, con su verdad.

El conocedor es, muchas veces, aún más egoísta que el buscador. De hecho, revisando los datos íntimos de la historia, descubriremos que los grandes maestros, los revolucionarios de cada disciplina, los poetas, los pintores, los músicos, han sido en general muy egoístas. Viven su vida, hacen lo suyo. Han dejado de formar parte de cualquier estructura, se han liberado de ellas. Están más allá, tanto que muchas veces son observados por casi todos como dementes por anticiparse a lo que va a suceder o por saber con certeza lo que nadie sabe. Recordemos a Van Gogh y su terrible final. Pobre, despreciado e internado en un manicomio.

28. En la mayoría de nuestros países, también el maestro de escuela tenía una imagen muy valorada y reconocida. Era un ejemplo y un modelo a seguir. En cada pueblo y en cada escuela el maestro era cuidado y venerado como portador de sabiduría. No sólo era consultado sobre educación, sino que muchas veces se requería su opinión en temas familiares, sociales, institucionales o municipales.

Autorretrato de Vincent Van Gogh

Al saborear una fruta (o una rica comida, o un buen vino) tenemos la vívida experiencia interior de ese contacto, una vivencia cualitativamente muy diferente del conocimiento que tiene quien ha oído y puede repetir la descripción verbal que otros han hecho de su sabor.

> Sabe más acerca del sabor del grano de mostaza aquel que ha probado un grano, que el que ha estado toda la vida viendo pasar por delante de su casa caravanas de camellos cargados de sacos de granos de mostaza.
>
> PROVERBIO ÁRABE

No hay que confundirse: un maestro es un conocedor, pero no alguien que tenga todas las respuestas. No es alguien que pueda explicarlo todo ni que conozca todos los porqués.

El maestro no cree, sabe, y quizá por eso no se conforma con que le creas. El maestro desea que tú también sepas.

Despertar

Todos hemos experimentado en algún momento de nuestra vida la sensación de comprenderlo todo claramente.

La diferencia entre nuestros instantes de claridad y lo que puede vivenciar un maestro o un sabio es que éstos viven constantemente sintiendo esa claridad.[29]

En las filosofías orientales, el verdadero conocimiento se considera un «despertar», sugiriendo que da acceso a la comprensión definitiva y profunda de algún aspecto de la realidad.

Cada mañana no sólo despierta nuestra mente, abandonando el carácter ilusorio del anterior estado de sueño, sino que todo nuestro ser transita un mundo distinto, el mundo de los ojos abiertos.

El despertar del que hablamos aquí no es sinónimo de adquisición de unos cuantos nuevos conocimientos: es un «darse cuenta», un abrir los sentidos, una percepción fresca de un mundo nuevo o un nuevo nivel de conciencia de un mundo real.

> El conocimiento verdadero incluye una transformación, tras la cual ni el que conoce ni el mundo que es conocido serán los mismos.

Este es el tipo de conocimiento que otorga el camino hacia la sabiduría: llamémoslo comprensión, visión, toma de conciencia o, como en Oriente, despertar.

Una noche, triste noche, descubrí que los Reyes Magos no existían.

29. Para los orientales, el estado de *satori*.

Un 5 de enero, mientras espiaba escondido esperando ver a Melchor, Gaspar y Baltasar en sus camellos, vi a mis padres colocando mi regalo de reyes junto a mis zapatos.

Me quedé un rato largo mirando la escena... Cuando volví a mi cama, me di cuenta de que mis compañeros de la escuela, con los que yo discutía desde hacía semanas defendiendo mi fantasía, decían la verdad...

Aquella noche lloré un poco, pensé mucho y no dormí nada.

A la mañana siguiente, con mi regalo todavía sin abrir y en un absurdo deseo de confirmar lo que había descubierto, me senté en la cocina delante de mi mamá, que estaba haciendo una masa. La miré sin decir nada, esperando vaya a saber qué palabra o qué gesto.

Mi mamá se debió dar cuenta, porque me dijo simplemente:

—Los Reyes Magos no existen, Jorge...

Y recuerdo que yo, inmóvil, tragué saliva y le pregunté, tratando de aferrarme a algo que se me escapaba:

—El Ratoncito Pérez tampoco, ¿verdad?

Mi mamá hizo un gesto negativo con la cabeza, me sonrió y me ensució la nariz con un poco de harina.

Y yo supe, sin que nadie me lo dijera, que ya nada sería igual.

Yo no era el mismo y el mundo tampoco.

Seguramente se podrá decir, y será cierto, que yo espiaba porque sabía; se podrá argumentar que aquella mentira de los reyes era un error pedagógico de entonces; se podrá creer que todos los niños lo saben (yo juro que no lo sabía hasta aquel día); pero lo cierto es que esta experiencia, con el tiempo, significó un cambio importante en mi vida.

Fue a partir de entonces cuando empecé a investigar acerca de la sexualidad, cuando mi relación con mis compañeros de clase mejoró, cuando me di cuenta de que mi papá no era el mejor jugador de ajedrez del mundo...

Había crecido. Y en este sentido, como sucederá después tantas veces, lo comprendido (aquí acerca de los Reyes Magos) es accidental. Que sea accidental no le quita valor a la experiencia, porque lo que importa realmente es que exista una vivencia transformadora: eso es lo que nos modifica y nos obliga a despertar.

La mayoría de las veces nuestra transformación real necesita estar ligada íntimamente a cierto proceso de aprendizaje, a una determinada información nueva para nosotros, la cual nos abre a un grado de comprensión diferente.

Las modificaciones de nuestro modo de actuar no sustentadas en un incremento de nuestra comprensión se reducen tan sólo a un cambio de hábitos, un aprendizaje de loros o una compulsión a la repetición.

El conocedor ha explorado la vida en todos sus sabores y de todas las maneras posibles: dulce, amargo, ácido y agrio, rápido, lento, pausado, explosivo. Ha probado lo bueno y lo malo. Ha sentido la vibración del despertar con la música, con el baile, con la poesía, con la pintura, con la escultura, con la arquitectura, con el sexo, con la rebeldía, con el amor y con el odio...

Ha hecho muchas cosas, ha estado en velatorios, en hoteles, en hospitales, en fiestas; ha ganado y perdido trabajos, amigos y amores; se ha peleado, se ha rendido, ha celebrado; le han pasado cosas como chocar, engordar, besar, nadar; se ha sentido vejado, alegre, avergonzado, pleno, encerrado y libre. Ha sido jardinero, zapatero, carpintero, pordiosero, catedrático y basurero... Y en todas sus actividades ha experimentado, desafiado, cambiado, disfrutado, llorado y explorado.

Todos los grandes maestros y los grandes inventores han sido gentes que habían recibido formación para algo diferente de aquello por lo que los recordamos. Gente que tuvo el coraje de entrar en territorios nuevos, territorios donde no eran expertos.

> Los hombres y las mujeres educados para aplastar su coraje permanecen aferrados a las cosas que mejor saben hacer. Y siguen haciéndolas toda su vida. Y cuanto más las hacen, más eficientes se vuelven; y cuanto más eficientes se vuelven, menos capaces son de intentar algo nuevo.

El conocedor es totalmente diferente; de alguna manera está parado justo en el polo opuesto. El maestro sostiene que no tener una idea clara sobre uno mismo no es un inconveniente para nuestra veracidad, pues nuestra verdad en ningún caso es una idea o una imagen mental; es la voz silenciosa, nuestro propio ser, que nos habla siempre en presente, que nos inspira cómo actuar o comportarnos ahora, y no después.

Ser nosotros mismos es despojarnos de toda simulación —no temer mostrar o expresar lo que somos—, y también es despojarnos de toda pretensión —no pretender ser lo que no somos ni obstinarnos en ser algo en particular—. Es una ineludible honestidad respecto de nuestro propio ser, nuestra propia situación y nuestra propia verdad, aquí y ahora.

Imaginemos un ejercicio.

La próxima vez que estés triste, en lugar de evadirte en alguna actividad u ocupación, en lugar de visitar a un amigo o ver una película o encender la radio o el televisor, en lugar de escapar... deja toda actividad, cierra los ojos y entra en tu tristeza. Mírala sin juzgarla y sin juzgarte, sin condenar ni condenarte. Obsérvala, obsérvate. Mírala como miras una nube de lluvia en un día que quieres soleado. Pero no te enfades.[30]

No te confundas, no estoy hablando de concentración.

Concentrarse significa enfocar la mente, reducir la atención a un punto. La mente concentrada se vuelve muy poderosa y, por eso, más peligrosa que nunca.

Darse cuenta y aceptar es algo totalmente diferente. No se trata de enfocar sino de estar alerta y sin foco. No es forzar, sino permitir. No es concentrarse en el exterior ni en el interior. No es buscar un pensamiento adecuado ni sentir una emoción específica. Es estar consciente del presente, sin juzgarlo, sin resistirlo, sin enojos.

> Sólo podemos enfadarnos si nos oponemos a los hechos.

Intenta estar enojado y, al mismo tiempo, aceptar sin restricciones la realidad, y verás. Nadie ha sido capaz de hacer coincidir las dos cosas a un tiempo; y no creo que tú seas la excepción.

30. ¿Cuántas veces te has enfadado? ¿Y qué has aprendido de ello? ¿Cuántas veces has renegado de tu impotencia? ¿Qué experiencia has ganado? ¿Cuántas veces has querido cambiar el mundo exterior con un berrinche?

> La falta de aceptación es la raíz de casi todas las enfermedades de la mente, de la mayoría de los padecimientos del espíritu y del corazón y, de alguna manera también, la primera causa de muchas enfermedades del cuerpo.

La única medicina efectiva contra esta trampa que nos tendemos a nosotros mismos es la aceptación serena de lo que *es*.

La experiencia que te propongo se llama «Continuo de la conciencia», y es uno de los pilares de la salud mental para nosotros los gestálticos.

Mira, piensa, siente y vive, todo el tiempo... Y nacerá en ti esa conciencia.

> Y, cuando nace la conciencia, poco a poco, sales del pasado y del futuro y entras en el presente. En la libertad que sólo tienen los que han cancelado las urgencias...

Pero hay varios tipos de libertad.

Hay una *libertad de*, una *libertad para* y una tercera que es simplemente *libertad* (ni de ni para).

La primera, *libertad de*, es una reacción. Está orientada a luchar contra el pasado para librarte de él. «Yo puedo hacer esto y lo otro, que antes no podía, porque ahora...».

El psicoanálisis intenta darte esta libertad, libertad de los traumas pasados, de las heridas de la niñez. La terapia clásica se basa fundamentalmente en el pasado, porque debes ir hacia atrás para liberarte de él, tienes que llegar al trauma original aunque éste sea tu propio nacimiento, como lo señala la terapia primal. Sólo entonces serás libre.

La segunda clase es *libertad para*. Una idea orientada hacia el futuro. Si la *libertad de* es una idea política y terapéutica, esta segunda libertad es más poética, más visionaria, más utópica.

Muchos han intentado centrar aquí la libertad esencial, pero eso no es posible, porque cuando te orientas hacia el futuro no puedes vivir en el presente. Y tu esencia vive en el presente. Tú no vives en el pasado ni vives en el futuro, tienes que vivir aquí y ahora.

La tercera libertad es una idea más espiritual, ancestral, mística.

En su presencia, todos tus sentidos se vuelven tan puros, tan sensibles, tan agudos, tan despiertos y tan vivos, que tu vida entera cobra una nueva intensidad.

De nada sirve saber que está sonando una música maravillosa, si nos tapamos los oídos para no escuchar. De nada nos sirve la enorme belleza que nos rodea si vivimos con los ojos cerrados.

> La existencia entera está celebrando este momento...
> Y ni siquiera nos enteramos de la fiesta, creyendo que no estamos invitados.

Si lo descubres, te sentirás misteriosamente lleno de entusiasmo. El mundo será el mismo, pero a la vez será diferente: los árboles te parecerán más verdes, el azul del cielo más profundo, la gente más viva y más hermosa...

> Vivir auténticamente, nos enseña la sabiduría, no es planificar lo que vamos a ser, sino descubrir, a cada instante, lo que somos.

La referencia de lo que fuimos o hicimos ayer nos puede ser útil, pero no nos otorga una orientación definitiva acerca de lo que tenemos que ser o hacer hoy.

Nuestro deber para con los demás, cuando es sincero, pasa siempre por nuestro compromiso con nosotros mismos.

Cuando has dejado de ser un buscador, ya no ansías la atención de los demás; al contrario, te conviertes en testigo de tu propio ser, empiezas a observar tus pensamientos, deseos, sueños, motivaciones, avaricias y envidias; creas una nueva clase de conciencia dentro de ti. Te conviertes en un centro silencioso que observa todo lo que sucede.

Si aparece en ti la ira, la observas. Y el milagro ocurre: si observas la ira, sin juzgarla adecuada ni inadecuada, si te observas sin censurarte, ésta desaparece antes de ser reprimida.

Los necios disfrazados de santos tendrán que reprimir su ira.

Y harán lo mismo con su sexualidad. Y con su avaricia. Y con sus pasiones más turbulentas.

Y cuanto más reprimes algo, más profundiza en tu subconsciente. Se vuelve parte de tus cimientos y empieza a afectar tu vida desde ahí. Es como tapar una herida que supura. La herida tardará más en curar, quizá no se cure nunca.

Nuestras ideas preconcebidas sobre nosotros mismos sólo poseen un valor relativo y provisional. Quizás orientativo, pero nunca determinante.

El conocedor es alguien que sabe quién es, pero admite sin avergonzarse que no puede prever sus futuras acciones ni posee criterios para valorar adecuadamente qué le sucederá, ni cómo reaccionará frente a los hechos.

> Un conocedor vive la vida de acuerdo con su propia naturaleza y no de acuerdo con los valores de los demás. No sólo tiene su propia visión del universo sino que también posee el coraje de vivir de acuerdo con ella.

La necesidad de ser coherente

Durante mucho tiempo defendí mi derecho de ser contradictorio. Decía yo que era lógico y esperable cambiar de parecer y que lo importante no era la contradicción en sí sino la coherencia.

Leyendo y escuchando a los maestros aprendí que «coherencia» viene de «herencia» y significa, por ende, intentar ser fiel a lo heredado, al pasado, a lo que otros han dejado y puesto en mí.

> Hoy ya no pretendo ser coherente y quisiera dejar de desear que tú lo seas.

Quiero ser cada vez más y más **congruente** y, si puedo, ayudar a otros a que también lo consigan.

Ser coherentes nos relaciona con el pasado. Porque ser coherente significa vivir de acuerdo con un Yo que ya no soy.

En absoluta concordancia con alguien del pasado, en línea con un Yo que, si existió y dejó su huella, hoy ha muerto.

Intentar ser coherente es querer vivir una historia repetida. Significa no permitir a la vida que tenga nada nuevo para ofrecerte.

Si permaneces quieto
dejas de ser río,
te has vuelto un estanque,
y la vida
ya no fluye a través de ti.

Las flores
se abrirán en primavera,
pero a menos que abras tu ventana
nunca advertirás su fragancia.

Los pájaros
volverán del invierno una y otra vez,
pero si no levantas la mirada al cielo
ni siquiera podrás enterarte.

El sol
sin duda saldrá mañana,
pero si dejas cerradas tus puertas
sus rayos JAMÁS iluminarán tu cuarto.

MARTHA MORRIS

Camino de la sabiduría aprenderemos que quedarnos atrapados en algunos de nuestros propios pensamientos sólo puede hacernos sufrir.

Mi dolor existencial es la lucha entre la conciencia de lo

que soy y el mundo de mis representaciones internas, creencias e interpretaciones.

En otras palabras, la preocupación, la angustia y el temor son en general el castigo que nos imponemos como resultado de no haber sido lo que suponemos que deberíamos ser.

Ser coherente es, en sentido estricto, un estúpido esfuerzo por ser fiel a todo lo adquirido en el pasado; es ser como ya se ha sido, decir lo que ya se dijo, hacer hoy lo que se hizo ayer, responder a las expectativas que nuestro comportamiento ha ido creando en los demás.

Hagamos la siguiente operación matemática:

Lo que creo que soy
+
Mis rígidas costumbres y tradiciones
+
Mis hábitos dañinos
+
Los mandatos aceptados
+
Los condicionamientos incorporados
+
La totalidad de los introyectos
+
El hueco de lo negado
=

Si sumamos con cuidado, obtendremos la fórmula de nuestra identidad más coherente.

Ser coherente es intentar ser siempre idéntico a mí mismo, idéntico a los que han diseñado, en mi educación, esta identidad.

> Nuestro Yo ignorante, tan coherente, se realimenta con los logros y con el aplauso de los demás ignorantes que nos confirman nuestro camino para poder reafirmar el suyo.

El placer de la tarea cumplida

Es cierto que cuando conquistamos alguna de nuestras metas, nos alegramos temporalmente y confirmamos que existe un premio a nuestro esfuerzo y coherencia. Pero nunca nos damos cuenta de que nuestro gozo, que es genuino, no se debe al placer narcisista de haber llegado sino a que, por un momento, abandonamos la lucha por llegar a ser y nos relajamos simplemente en lo que somos.

No nos damos cuenta de que la alegría es posible porque, como premio al logro, nos damos el permiso de abandonar el vértigo constante de tratar de llegar.

El placer del objetivo cumplido refuerza la idea de que ese es el camino y una nueva meta comienza, un nuevo objetivo, una nueva zanahoria, una nueva promesa para el futuro que nos instale por un instante más, como en el pasado, en el mundo de los triunfadores.

Aquí y ahora

El *ahora* nos libera, entre otras cosas, de lo que podríamos denominar la trampa del ayer y la trampa del mañana. Dos trampas imaginarias, porque el ayer es sólo nuestro recuerdo del supuesto pasado y el mañana es nada más que nuestra fantasiosa anticipación del supuesto futuro.

El *ahora* es la única realidad, aunque no sea la más agradable de las realidades.

Siempre es *ahora*; nunca es ayer, nunca es mañana.

Huimos hacia el pasado y hacia el porvenir al darles el rango de realidades objetivas y absolutas (como si fueran independientes de nosotros) y al sentirnos aprisionados por ellos. Tememos el futuro que es, a su vez, la proyección mental de nuestra particular interpretación del pasado.

> El ignorante prefiere *sufrir* por lo que pasó y *no hacer* por temor a lo que pasará, antes que *asumir la responsabilidad* de lo que le pasa y *correr los riesgos* de actuar en congruencia con su deseo y con su necesidad de hoy.

La existencia consiste, en última instancia, en una guerra entre la identidad adquirida y el auténtico ser. Y el campo de batalla de esta guerra somos nosotros mismos y la relación que mantenemos con los demás.

Para darse cuenta de las consecuencias que podría acarrear esta lucha, basta leer aquel discurso que Winston Churchill dirigió a los ingleses durante la guerra:

Con la misma convicción y certeza con la que os dije hace unos meses que las cosas eran así como eran y que nunca podrían ser de otra manera, os digo hoy, sin ninguna duda, que las cosas son totalmente diferentes y que nunca fueron ni podrían llegar a ser como os dije entonces.

Por supuesto, la sociedad respeta al hombre coherente, porque el hombre coherente es predecible. Sabes lo que va a hacer mañana, sabes cómo va a reaccionar.

Al hombre coherente se le puede manejar, se le puede manipular fácilmente. Sabes qué botones hay que apretar para que actúe. El hombre coherente es una máquina, en verdad no es un hombre. Lo puedes enchufar y desenchufar y se comportará a tu gusto.

Ser coherente es el desesperado intento de ser predecible para todos.

Como reconocimiento, la sociedad llama a esa coherencia «tener carácter».

Un maestro que se acerca a la sabiduría no tiene carácter, no por debilidad de espíritu, sino porque no hay nada que demostrar. Su conducta está más allá del carácter, porque ha aprendido que no puede permitirse la comodidad de una respuesta siempre igual; porque el carácter se gana sólo a costa de renunciar al cambio.

Un conocedor descubre que lo que importa es ser congruente, ser libre de ser quien es en cada momento, libre de encontrar la conducta que satisfaga su momento presente, libre de volverse impredecible para los demás sin sentirse culpable de la decepción de los otros.

Ser congruente es estar vivo y cambiante hoy, aquí y ahora.
Se trata de una armonía diferente: la de la belleza del ser siendo.

El hombre sabio vive la vida en todos sus aspectos; es un arco iris y vive todo su espectro. Todos los colores son suyos y por eso no puede ser coherente. De hecho, seguramente no le interesa serlo. Es cambiante, diferente, vivo, creativo... y contradictorio.

¿Qué hubiera sido de nosotros, los que amamos a Picasso, si después de su etapa azul, el maestro hubiera querido ser coherente y se hubiera resistido a ampliar su paleta?

¿Es necesario un maestro?

Al principio de la búsqueda, el encuentro con un maestro es más inevitable que imprescindible. A menos que estés en contacto con alguien que haya salido de la ignorancia, es imposible que llegues a destino. Los obstáculos son millones y muchas son las puertas falsas, infinitas las tentaciones, muy alta la probabilidad de extraviarse.

Sin la compañía de alguien que conozca el camino, que haya viajado por él, que lo haya recorrido hasta el final, sin ponerte en manos de alguien en quien confíes, al que te puedas entregar, honesta y totalmente, acabarás extraviándote.

Para que la sabiduría surja, la condición es tener una permanente disposición a ser discípulo, a aprender de otros, a admitir todo lo que no sé; y sobre todo —contra nuestra estructura narcisista—, estar dispuesto a aceptar que alguien puede saber más que yo.

Atención: es necesario ser capaz de crear un vínculo con el maestro en el que no exista dependencia.

Aprender de un hombre de conocimiento es fácil. Puede dar a su alumno todo lo que sabe, puede transmitirlo en forma simple, para él el lenguaje es un vehículo suficiente.

Un hombre de conocimiento es un profesor, y si camina hacia la sabiduría es también un maestro.

Un hombre sabio rara vez es un buen profesor.

Si alguna vez lo eligió así, sigue siendo un gran maestro, aunque difícilmente pueda hacerse cargo de nuestro aprendizaje.

El sabio, como veremos, si bien nos muestra la verdad todo el tiempo, descarta la idea de enseñarla.

Pero el maestro, a diferencia de algunos profesores y catedráticos, a diferencia de muchos intelectuales y pensadores contemporáneos, nunca está bajo ningún poder establecido. Nunca tiene como misión alegrar la vida de nadie y no enriquece a ninguno. Posiblemente sirva para confrontar a los mentirosos, para enojar a los soberbios, para enardecer a los fanáticos y, en el mejor de los casos, para despertar a los que duermen... Pero todo eso, como se comprende, no es motivo de mucha dicha.

> Es más fácil que la gran multitud siga a un falso maestro que a uno auténtico. El conocedor, detrás de su palabra, tendrá sólo a la escasa gente que sea capaz de entenderlo y, cuando se vuelva sabio, quizá no lo comprenda nadie.

La actitud en extremo honesta y espontánea del maestro verdadero suscita muchas veces sospechas entre aquellos para quienes la simulación ha llegado a ser una segunda naturaleza. Ante este ser transparente y sin dobleces, piensan: «¿Qué pretende éste? ¿Qué querrá?» Sencillamente, no pueden entender que no pretenda nada, que no tenga secretos ni estrategias.

El comportamiento simple y directo es tan poco habitual que cualquier persona honesta puede parecer muy poco fiable a quienes han hecho del disimulo y de la especulación una actitud cotidiana y por lo tanto esperable.

La franqueza es con frecuencia irritante para aquellos que ven en el maestro el espejo que les muestra necesariamente su propia distorsión, su verdadera deformidad.

Ser auténtico y directo nos lleva algunas veces a ser malinterpretados, y otras muchas a resultar previsiblemente molestos.

El maestro espejo será condenado por las masas, quizá incluso asesinado.

John Lennon anticipó dos años antes de su muerte:

«Me van a crucificar.»

Un maestro es el que hace de la estupidez una cosa vergonzosa y de la mentira una ofensa.

Su misión es ayudar a la libertad; alertar a los hombres para que no confundan el resentimiento con la justicia ni la moral con la educación. Conseguir que no se tome la claridad como intransigencia y que nadie crea que es lo mismo repetir que aprender.

No tiene valor alguno simplemente
citar lo que otra persona haya dicho.
Repetir una verdad que no ha sido hecha propia
es repetir una mentira.

KRISHNAMURTI

Pero no hace falta sentirse un maestro ni considerarse un sabio para buscar la verdad, y mucho menos para empezar a pensar.

> El creador, el buscador o el conocedor no son necesariamente eruditos, ni necesitan llegar a serlo. Todos podemos empezar a crear el camino desde nuestra propia experiencia.

La sabiduría, como está dicho, empieza en la ignorancia. Platón nos enseña:

SÓCRATES: ¿Es que no has oído que soy hijo de una excelente y vigorosa partera llamada Fenáreta?

TEÉTETO: Sí, eso ya lo he oído.

SÓCRATES: ¿Y no has oído también que practico el mismo arte?

TEÉTETO: No, en absoluto.

SÓCRATES: Mi arte tiene las mismas características que el de ella, pero se diferencia en el hecho de que asiste a los hombres y no a las mujeres, y examina las almas de los que dan a luz, pero no sus cuerpos. Ahora bien, lo más grande que hay en el arte de ayudar a parir es la capacidad que se tiene de poner a prueba por todos los medios si lo que se engendra es algo imaginario y falso o fecundo y verdadero. (...) Los que tienen trato conmigo, aunque parecen algunos muy ignorantes al principio, en cuanto avanza nuestra relación, todos hacen admirables progresos. Y es evidente que no aprenden nunca nada de mí, pues son ellos mismos y por sí mismos los que descubren y engendran muchos bellos pensamientos. No obstante, los responsables del parto somos él, Dios y yo.

La imagen de la partera es realmente interesante y atractiva. Sócrates libera el pensamiento de la ignorancia del interlocutor poniéndolo de cara a ella. Es un maestro sabio que se limita a señalar el problema sin dar soluciones. Él sólo muestra el obstáculo y señala el sendero... El resultado de ese parto, como mínimo, es un buscador un poco más cerca de la sabiduría.

El famoso «método socrático» o mayéutica se basa en la interrogación que Sócrates dirige a sus interlocutores, confesando su ignorancia. De esta manera, él los obliga a responder a preguntas acerca del tema en discusión y luego muestra cómo esas respuestas son absurdas, ilógicas, contradictorias o, simplemente, no contestan la pregunta.

La mayéutica es el arte de parir aquellas ideas que ya estaban en la mente de sus interlocutores sin que éstos lo supieran, dar a luz unos conocimientos que éstos poseen virtualmente pero que no conocían.

Un reflejo de este método socrático lo encontramos muy frecuentemente en el trabajo psicoterapéutico. El paciente, a través de sus propias palabras y con ayuda del terapeuta, llega a un conocimiento de sí mismo que no poseía, aunque ya estaba en él. Es decir, da a luz contenidos intrapsíquicos que no eran del todo conscientes.

Este proceso es, de hecho, uno de los dos sentidos principales hacia los que se orienta el trabajo psicoterapéutico y que justifica por sí mismo toda la psicología en cuanto tarea asistencial.[31]

Muchos terapeutas usamos con frecuencia la imagen metafórica de buscar al anciano sabio que habita en el interior de cada uno.

Una parte de nosotros sabe simplemente porque ha vivido absolutamente consciente. Es sabia aunque no haya leído un solo libro y aunque no haya salido de su barrio natal.

Una parte de nosotros encarna la suma de lo más profundo y sofisticado de la sabiduría ancestral y tiene casi misteriosamente todas las respuestas a nuestras angustias y dificultades.

Lo mejor es buscar maestros cuyo discurso no sea incomprensión, cuya animación no encierre ningún reproche, cuya mirada no juzgue, cuyo consuelo no exaspere en vez de calmar.

S. Kierkegaard

Uno de mis maestros decía siempre:

«Yo soy un extractor de espinas y todo mi trabajo se parece a la siguiente descripción.

Tienes una espina en tu pie, yo traigo una aguja (que indudablemente se parece a otra espina) para sacar la espina que hiere tu pie. Eso es todo.

Pero ambos debemos permanecer alerta. La primera y la segunda espina son parecidas, no existe diferencia cua-

---

31. El otro es ayudar al paciente a exponer las heridas al sol y a aceptar la existencia de la sombra para que ambas sanen.

litativa. Cuando la primera espina esté fuera, ayudada por la segunda, hay que tirar las dos.

Cuando algo que digo o hago saca una de tus dudas, no debes poner mis respuestas en el lugar que han dejado vacío tus preguntas.

Cuando te olvides de lo que ha sido respondido, olvídate también de la respuesta. De lo contrario, te creará problemas.»

No te enamores de las palabras, ni dependas de las ideas; son sólo herramientas, espinas que pueden usarse para extraer otras espinas, antes de deshacerse de ambas...

Shimriti

Quinta parte

Pasaron muchos, muchos años.

Shimriti comprendió la esencia de cada uno de los tramos recorridos:

Cada uno de los caminos había estado allí desde siempre.

Cada uno podía estar en la vida de cualquiera.

Todos habíamos nacido en La Ignorancia.

Había sido necesario el amor del maestro para llegar al camino hacia Data y convertirse en una buscadora.

Había sido necesario mucho trabajo para volver a subirse al tren y mucho cuidado para no equivocarse cayendo en la tentación de correr camino a Nec o, sin saberlo, caer en la senda hacia Superlatus.

Había sido necesario mucho tiempo y mucha renuncia para emprender el camino hacia Gnosis y volverse una conocedora primero y una maestra después.

Finalmente, había un quinto camino, el camino a aquel lugar sin nombre: el camino a la Sabiduría.

Shimriti se alegró de todo lo vivido, porque sin eso jamás habría llegado tan lejos.

Ella recorrió el camino intentando alcanzar la verdad; nunca fue su deseo habitar entre los sabios; pero precisamente aquella persecución fue la que la había conducido hasta aquí, más allá y más acá de su motivo original.

Cuando pisó el destino final, como ella lo llamaba, se encontró con una agradable sorpresa.

Shimriti se alegró al reencontrarse con una sensación que creía perdida en su vida.

Otra vez, no sabía si sabía.

Otra vez, como cuando vivía en La Ignorancia, cuando alguien le preguntaba:

—¿Tú sabes?

Ella, sin humildad, contestaba sinceramente:

—No sé... No sé si sé...

Capítulo siete

La sabiduría

El sabio no sabe todo lo que sabe.

Génesis individual y social de la sabiduría

Cada vez que nos topamos con la obra de un genio reconocemos en ella nuestros propios pensamientos rechazados que vuelven a nosotros con cierta majestad prestada. Tal vez un desconocido mañana dirá, con seguro buen sentido, lo que ya habíamos pensado, y nos veremos obligados a recibir de otro, avergonzados, nuestra propia opinión.

R. W. EMERSON

La mayoría de los hombres y mujeres se quedan atascados en la etapa del ignorante, trabados en su esfuerzo por pertenecer a la masa mecanizada que vive en piloto automático. Muchos menos transitamos la etapa del buscador, y también nos atascamos en ella. En este grupo «selecto» pondría a casi todos los intelectuales, pensadores y filósofos; a muchos artistas y profesionales comprometidos y a la mayoría de los que se llaman a sí mismos revolucionarios. Quizá sea cierto que estamos algo más despiertos que los ignorantes, pero la tarea no está terminada. No hemos llegado a ser conocedores de nada y nos falta mucho para acercarnos siquiera a la etapa de la sabiduría.

> **Del ignorante al buscador** hay un cambio de actitud, una decisión.
> **Del buscador al conocedor** hay una evolución, un trabajo.
> Ambos son espacios conquistados por cada individuo para sí mismo.
>
> El tercer cambio, **del conocedor al sabio,** solamente es posible si se lleva a cabo una transformación profunda: debe haber una revolución.

Los bienes más preciados no deben ser buscados ni esperados. Pues el hombre no puede encontrarlos si sale en su búsqueda; sólo encontrará en su lugar falsos bienes, cuya condición apócrifa quizá no sabrá discernir.

Simone Weil

Solemos escuchar las voces que nos dicen que ya no quedan verdaderos maestros, que ya no hay sabios entre nosotros, que sólo nos rodean algunos falsos profetas y muchos estafadores de la elocuencia. Sin embargo, yo estoy convencido de que hay muchos hombres y mujeres sabios entre nosotros; lo que sucede es que no sabemos o no queremos reconocerlos. Estamos dormidos. Para que la sociedad pueda disfrutar de su sabiduría es necesario empezar por entrenar y multiplicar la existencia de buenos oyentes, dispuestos a escuchar a los que más han vivido.

En Occidente, el respeto por el pasado ha sido desplazado por el miedo al futuro, y el respeto por los ancianos ha encontrado como reemplazo el culto a la juventud y a la productividad. Lo útil es ser joven y manejar conocimientos, dinero y poder. Cuanto más, mejor.

Nos cuesta más enfrentarnos a la palabra esclarecida que ensayar una acción elegida al azar. Preferimos acudir a gente que nos preste su hombro, que aporte soluciones premoldeadas y que colabore con lo que hace falta hacer, antes que recurrir a los que nos obligan a pensar y, por ello, «nos traen más problemas».

Manipulación de masas

Lo cierto es que cualquier ideología puede proveerte de unas cuantas soluciones funcionales, una decena de respuestas estructuradas que evitan que tengas que buscarlas tú mismo. En términos de gasto energético esto suena muy económico, parece relajado y, además, es muy confortable. Sin embargo, estas ideologías no te harán más libre ni te ayudarán a volverte más sabio.

Tanto las seudo religiones, comandadas casi siempre por algún supuesto iluminado mesiánico, como los fundamentalismos de todo color y signo guiados por líderes carismáticos y demagógicos, utilizan las herramientas de las pasiones exacerbadas y el miedo de los angustiados crónicos para transformar la vida de sus seguidores en un campo de batalla. Los enemigos son siempre los otros, los diferentes, los rebeldes, los discriminados, los que se oponen a la causa.

Los otros son los responsables de todo lo malo que nos pasa.

Otro tanto sucede, aunque no sería esperable, en el ámbito científico, donde muchas veces mentes privilegiadas pero carentes de sabiduría se interpretan mal entre sí y no se escuchan aunque finjan prestarse atención.

No en vano todos los sabios dicen que la verdadera libertad consiste en ser libre de toda ideología.

Afortunadamente, pese a la aparente tendencia de la sociedad a cegarse a la luz del saber, reaparece cada tanto la figura del sabio. Así sucede, de una manera o de otra, saliendo de la conciencia colectiva o del mar de las emociones de los pueblos.

Desde el principio de los tiempos, en toda situación difícil para una comunidad, cuando el sentido común no es suficiente, cuando lo aprendido de boca en boca no basta o la duda permanece más tiempo del soportable, el hombre ha encontrado y consultado al viejo sabio, brujo, mago o matemático (según el nombre que le ponga cada cultura a quien representa la fuente del saber). Él o ella es quien aporta sensatez.

> Cuantas más personas hayan perdido el rumbo, cuanto más se hayan alejado estas personas, cuanto más tiempo lleven perdidas, más posibilidades habrá de que su mente se abra a encontrar al maestro.

Los maestros son siempre pocos y se los ve mejor cuando hay oscuridad, porque en lo oscuro hay más posibilidades de ver lo que resplandece.

Existe un período histórico preciso que fue denominado por el filósofo Karl Jaspers «la época axial»: una etapa que representa el eje del pensamiento de la humanidad. Se la puede situar entre los siglos VIII y V a.C., y se trata de una época en la que misteriosamente la sabiduría emerge con una fuerza inusitada en todo el mundo entonces conocido, posiblemente como consecuencia de los oscuros años que la precedieron.

En Grecia nace en este período la filosofía. Aquí podemos rastrear el pensamiento de los presocráticos (Heráclito, Pitágoras, Anaxágoras) y las figuras de Sócrates, Platón y, más tarde, Aristóteles.

En el mundo hindú, esta es la época de los Upanishads, textos de gran profundidad que serán la fuente de los principales despliegues del pensamiento de la India: Buda y Mahavira.

En el antiguo Irán, vive entonces Zaratustra; y en Tierra Santa, los profetas bíblicos, verdaderos maestros de vida.

En China, en torno al siglo VI a.C. aparece el taoísmo y también el confucionismo.

El taoísmo es sobre todo un modo de vida, pero también representa, por lo menos para mí, una de las manifestaciones más profundas, depuradas y sutiles que haya encontrado la sabiduría. Sus principales representantes son Lao Tse, autor del hermoso y enigmático *Tao Te Ching*, y Chuang Tzu, su discípulo y autor entre mil cosas de una de las más bellas alegorías jamás escritas.

Chuang Tzu soñó que era una mariposa.
Al despertar ignoraba
si era Tzu el que había soñado que era una mariposa
o si era una mariposa y estaba soñando que era Tzu.

Todo crecimiento es doloroso, todo despertar es arriesgado. Toda conciencia deviene de una duda. Así que imaginemos qué tarea ciclópea debió representar para los hombres de aquel entonces ser los primeros en despertar.

Ser sabio significa estar continuamente consciente, es poder verlo todo con más claridad, es rechazar la mentira, la propia y la ajena. Si eres un sabio no puedes vivir dormido ni permitir que los demás transiten su existencia hipnotizados o sonámbulos, y esto implica todavía algunos peligros más. Porque, siempre que sucede un despertar, la parte del mundo que duerme deberá oponerse; la sociedad se convierte en su antagonista.

La mayoría de nosotros acordamos sin saberlo con el viejo proverbio árabe:

No despiertes al esclavo, porque quizá esté soñando que es libre.

Pero el sabio dirá: «¡Despierten al esclavo! Especialmente si sueña con la libertad. Despiértenlo y háganle ver que es un esclavo; sólo mediante esa conciencia podrá quizá liberarse».

Si un tonto, un corrupto o un inmoral se postula para presidente, primer ministro o jefe de gobierno de un país, los analistas más despiertos anunciarán: «Esto es peligroso para el país, si llega al poder robará a manos llenas, tendrá una conducta impropia de un mandatario». Parece que los pobres analistas no se dan cuenta de que la gente ya sabe que son así y que los elige porque son indignos.

Escuché decir a mi amigo el doctor Marcos Aguinis:

«Los pueblos no tienen los gobernantes que se merecen, pero sí aquellos que se les parecen».

Es cierto que a la gente le gusta aquellos que se parecen a ella, que son como ella, que hacen y viven lo que le gustaría hacer y vivir, aunque sean moralmente despreciables. Estas personas no les son extrañas. Un sabio les sería extraño. Y jamás lo votarían como dirigente.

El mundo está completamente dormido y mucha gente está disfrutando de sus sueños, tratando de que sean más interesantes y tengan más colorido que la realidad.

Imagina que entonces aparece un hombre que empieza a gritar desde los tejados: «¡Despierten!»

La mayoría de los que duermen se sobresaltan. Muchos no quieren despertar, porque saben que cuando el sueño termine deberán enfrentarse a la verdad.

Vivir con gente ciega y tener ojos es una situación peligrosa.

La gran mayoría no sabe que en esa verdad puede haber alegría y entonces terminarán odiándolo, lo convertirán en un desclasado, será un paria, y simbolizará para ellos el emblema de una ofensa intolerable.

> Es más fácil destrozar el espejo y olvidarse de la fealdad que aceptar que uno es como el espejo lo refleja.

Ciertamente, que alguien te quiera despertar cada vez que sueñas con algo agradable es intolerable.

Rajneesh nos llamaba la atención sobre cómo Sócrates se hizo intolerable para Atenas, al igual que Jesús se volvió intolerable para Roma y Gandhi se hizo intolerable para el Reino Unido.

Quizás por decir esas cosas el mismo Rajneesh se volvió intolerable para los Estados Unidos.

La presencia de cada uno de ellos se convirtió en una gran ofensa. Mirarlos, escucharlos, cruzarse con ellos significaba ver la fealdad en el espejo, esa fealdad que nos negamos a ver porque es la verdad.

La tienda de la verdad es un cuento escuchado a Anthony de Mello.

La tienda de la verdad

El hombre paseaba por aquellas pequeñas callejuelas de la ciudad de provincias. Como tenía tiempo, se detenía unos instantes ante cada escaparate, delante de cada tienda, en cada plaza. Al girar una esquina se encontró de pronto frente a un modesto local cuya marquesina estaba en blanco. Intrigado, se acercó y arrimó la cara al cristal para poder mirar dentro del oscuro escaparate... Pero en el interior sólo vio un atril que sostenía un cartel escrito a mano.

El anuncio era curioso:

Tienda de la verdad

El hombre, sorprendido, pensó que era un nombre de fantasía, pero no pudo imaginar qué vendían. Entonces entró y, acercándose a la señorita que estaba en el primer mostrador, preguntó:

—Perdón, ¿es ésta la tienda de la verdad?

—Sí, señor. ¿Qué tipo de verdad está buscando? ¿Verdad parcial, verdad relativa, verdad estadística, verdad completa...?

Pues sí, allí vendían verdad. Él nunca se había imaginado que esto fuera posible: llegar a un lugar y llevarse la verdad. Era maravilloso.

—Verdad completa —contestó sin dudarlo.

«Estoy tan cansado de mentiras y de falsificaciones —pensó—. No quiero más generalizaciones ni justificaciones, engaños ni fraudes.»

—¡Verdad plena! —ratificó.
—Perdón, ¿el señor ya sabe el precio?
—No, ¿cuál es? —contestó rutinariamente, aunque en realidad él sabía que estaba dispuesto a pagar lo que fuera por toda la verdad.
—Mire: si usted se la lleva —dijo la vendedora—, posiblemente durante un largo periodo de tiempo no pueda dormir del todo tranquilo.
Un frío recorrió la espalda del hombre, que pensó durante unos minutos. Nunca se había imaginado que el precio fuera tan alto.
—Gracias y disculpe... —balbuceó finalmente, antes de salir de la tienda mirando al suelo.
Se sintió un poco triste al darse cuenta de que todavía no estaba preparado para la verdad absoluta, de que todavía necesitaba algunas mentiras donde encontrar descanso, algunos mitos e idealizaciones en los cuales refugiarse, algunas justificaciones para no tener que enfrentarse consigo mismo.
«Quizá más adelante...», pensó, intentando mitigar la vergüenza que le daba su propia cobardía...

* * *

Así nos comportamos a veces, huyendo de lo que sabemos que es la verdad. Huuimos para tranquilizarnos, para no actuar, sólo para no enfrentarnos a lo que nos duele o mitigar nuestra incapacidad de aceptar las contradicciones.

También es cierto que nuestra mente está condicionada para declarar inaceptables algunas realidades. Por ejemplo, es imposible para nuestra mente occidental renegar del viejo concepto filosófico (no siempre verdadero) que se conoce como de la «no-contradicción», al que Aristóteles considera el principio de todos los principios, y que se puede enunciar más o menos así:

Es imposible que el mismo atributo se dé y no se dé simultáneamente en el mismo sujeto y en un mismo sentido. Es imposible que uno mismo admita simultáneamente que una misma cosa es y no es.

Se trata de la línea de pensamiento más representativa de nuestra mentalidad occidental: afirmar ciertos aspectos de la realidad despreciando otros.

Si afirmamos uno de los términos de una polaridad, necesariamente deberemos excluir a su contrario.

Usualmente entendemos las cosas solamente al enfrentarlas a su opuesto:

- comprendemos el Yo al contraponerlo con todo lo que no es Yo.
- comprendemos la ausencia, al contrastarla con la presencia.
- comprendemos la alegría en relación con la pena.
- comprendemos el bien al enfrentarlo con el mal.
- comprendemos el antes en su relación con el después.
- etcétera.

> ... Y esto puede sonar muy lógico,
> pero no siempre es verdad.

Escher nos muestra cómo una cosa puede ser a la vez cóncava y conversa; cómo sus figuras, en el mismo punto y al mismo tiempo, suben y bajan la **escalera**...

Heráclito, quizás el más claro, sencillo y brillante de los filósofos occidentales de la Antigüedad, era conocido como «el Oscuro». Posiblemente porque, aunque admitía que nuestra mente conceptual no puede pensar que algo sea y no sea a la vez, creía eso es debido sólo a una restricción racionalista y no a una limitación de la realidad.

Vivimos mirando un mundo de opuestos mutuamente excluyentes que definen nuestra realidad, pero se nos pasa inadvertida la unidad que muchas veces los enlaza.

241

Y entonces buscamos:
placer sin dolor,
ascensos sin descensos,
vida sin muerte,
certezas sin dudas,
éxito sin fracaso,
palabras sin silencio,
y una economía de crecimiento ilimitado sin recesos.

Dividimos el mundo en dos, y queremos sólo una mitad. Como si fuera posible detener la oscilación de un péndulo en uno de sus extremos.
Aristóteles nos ayuda, Heráclito nos complica.
Aristóteles es un conocedor, quizás un maestro.
Heráclito es un sabio.

Sabios y maestros

Un maestro es un conocedor que, porque así lo desea, porque su corazón se lo manda o porque su espíritu lo impulsa, está decidido a compartir lo que sabe mostrándolo (de «mostrar» viene la palabra «maestro») a los que saben un poco menos, a los que ignoran lo que no saben y, también, a los que creen que saben lo que en realidad no saben.

Un sabio también puede ser un maestro, aunque en realidad ya no le interesa.

El sabio difícilmente dará clases, difícilmente tendrá auténticos discípulos. Es posible que tenga seguidores, pero nunca alumnos.

Aristóteles ha sido un deslumbrante emblema del razonamiento lógico. Lo mismo podría decirse de Descartes o de Hegel. Todos ellos elaboraron espléndidos mapas teóricos del pensamiento. Heráclito, en cambio, no trabaja su concepción apoyándola en complejos planteamientos teóricos. Tampoco lo hace Lao Tse. Tampoco Osho. Ellos invitan a una transformación interna, al abandono de todos los mapas, al nacimiento de una nueva visión.

La sabiduría nos irrita cuando pretende enseñarnos que es imprescindible percibir la unidad latente en los opuestos. Vulnera nuestra capacidad lógica, por mínima que ésta sea. Y, sin embargo, nos señala el ansiado camino de la verdad.

El peligro de la concepción dual

La imagen de la decrepitud, encarnada en un anciano, de la degeneración física, representada en la figura de un enfermo, y del sufrimiento moral, en la peregrinación que entre gritos y llantos conducía un cadáver a la pira funeraria, constituyen la visión que reveló a Siddharta la fugacidad y la limitación propias de todo lo existente.

Como ya te conté, el joven príncipe Siddharta (que tras su iluminación sería llamado Buda) tuvo que escapar de su palacio, donde vivía rodeado de todos los lujos y era objeto de sumo respeto y admiración, para toparse con lo que, quebrando su ilusión de completa felicidad, lo llevaría a su iluminación.

Pero, ¿qué tiene que ver esto con nosotros, que no somos Siddharta, que no somos príncipes en la opulencia, que ni siquiera tenemos un palacio? ¿Qué podríamos dejar atrás si quisiéramos ver el mundo de esta nueva forma?

Acompáñame en este juego.

Imagina que tu vida se transforma en la que algunas veces deseas que sea: una existencia sin dolor, sin caídas, sin frustraciones...

Imagínalo con firmeza y estarás de inmediato encerrado en tu ilusorio palacio mental, ciego al mundo dual en el que sombra y luz van siempre de la mano.

En la vida de todos los días, la fantasía de la felicidad total entendida como un tiempo de acontecimientos exclusivamente positivos nos hace leer la realidad de una manera engañosa y condicionada.

Por poner solamente el más terrible de los ejemplos reales, pensemos cómo nuestra ocasional holgura o confort nos hacen olvidar, la mayoría de las veces, que la indigencia de tres cuartas partes de la población mundial y la destrucción ecológica del planeta son, en gran medida, el precio del bienestar socioeconómico del mundo desarrollado.

No estoy diciendo que el bienestar, la abundancia o la belleza deban dejar de ser los ideales de la vida humana. Ni siquiera estoy proponiendo (nada más lejano a mi interés) que algún atisbo de culpa impida que disfrutes del privilegio de lo que tienes.

Lo que digo es que la verdadera belleza, el verdadero bien y la verdadera abundancia, tal vez no sean polos de una dualidad, sino más bien el resultado de su aceptación, puesto que su presencia está ligada a la reconciliación de los opuestos.

Paradójicamente...

> Sólo la felicidad basada en darse cuenta de la no permanencia de todo cuanto existe podrá ser permanente.

La felicidad integradora no se planifica ni se intenta conseguir por medio de la acumulación de logros, y por eso jamás depende de que se cumplan ciertas condiciones. No sólo no excluye la experiencia del dolor, sino que se alcanza a través de la aceptación de éste como ingrediente intrínseco a la existencia.

Tampoco nuestro desarrollo personal puede apoyarse en negar, desconocer, ignorar o esconder aquellos aspectos que más nos desagradan o que más complican nuestra relación con los demás.

Para la psicología profunda jungiana, la suma de estos aspectos oscuros que no reconocemos como propios es fundamental para nuestro desempeño eficiente. El creador de la psicología profunda los denomina «la sombra».[32]

Cuando éramos niños, los adultos nos decían cómo éramos y cómo debíamos ser. Nos decían qué aspectos eran buenos y cuáles eran malos; nos daban a entender que su amor dependía, en gran parte, de que los primeros predominaran sobre los segundos.

Así fue como comenzamos a negar en nosotros aquellas características que fueran incompatibles con lo que *debíamos ser* si queríamos ser aceptados, cuidados y amados.

Así comenzó nuestra neurosis.

Así nació «la sombra».

---

32. Término introducido por el psiquiatra y pensador Carl G. Jung, que encontró en los pensamientos hermético y taoísta sus principales fuentes de inspiración.

En virtud de este fenómeno, todo lo que negamos y que, por ello, no expresamos de forma directa, lo actuamos sin darnos cuenta o lo proyectamos, es decir, lo percibimos fuera de nosotros.

> Nuestra patología, nuestra ignorancia o nuestra neurosis no suceden porque tengamos aspectos oscuros, es decir, por la presencia de «la sombra»; suceden por el intento de escindir lo que originalmente es uno, por no aceptar que somos quienes somos, con aspectos oscuros incluidos.

Y entonces aparece un sabio, un maestro, un iluminado, que me urge a abandonar la creencia de que sé quién soy; me fuerza a admitir que en realidad estoy dormido y me insulta sin decirlo recordándome la frase de Chuang Tzu:

«Sólo los estúpidos se creen muy despiertos».

Me dice que se trata de mi vida y que soy responsable ante mí mismo.

Me asegura que mi mayor responsabilidad no está orientada hacia la nación, hacia la iglesia o hacia la gente, sino hacia mí: a que viva mi vida de acuerdo con mi propia luz. Dondequiera que vaya, con quienquiera que esté y sin hacer ninguna concesión.

Un sabio puede ser muy molesto.

El sabio ermitaño

Una antigua tradición griega hace del sabio un viajero.

El sabio no siempre es un ermitaño; muchas veces vive

entre la gente, canta, baila, grita, llora, ríe, ama y medita, aunque de vez en cuando vuelve a su cueva en las montañas. Se relaciona con todos, pero regresa una y otra vez a la compañía solitaria de sí mismo.

El sabio debe deambular, como lo hacía Sócrates por las calles o Zaratustra por los bosques, contemplando e investigando.

Viajar lo enfrenta con lo diferente y tomar distancia le permite captar la singularidad y la rareza de lo propio.

Con la distancia se logra relativizar lo familiar y se descubre que lo propio no es lo «natural» ni lo absoluto, tampoco la regla.

No hay mejor antídoto contra el dogmatismo que descubrir y participar del mundo.

El sabio del que hablamos es justamente el que interactúa con el género humano, no aquel que imaginamos en lo alto de la montaña absolutamente abstraído de la vida cotidiana. La principal relación que liga a este sabio con su entorno es el amor, y es su condición de viajero la que le permite diseminar su saber y liberar a otros.

El camino de la ignorancia a la sabiduría necesita en todas sus etapas algunos espacios y tiempos de soledad exterior. Cuatro maestros me dieron cuatro diferentes razones para ello, y cada uno me contó un cuento.

El primero me enseñó que era necesario ejercitar ese estado interior de no-confrontación.

¡Qué bien te veo!

Dos amigos se encuentran y uno le dice al otro:

—¡Oye, qué bien te veo...! Estás espléndido... ¡Cuánto me alegra!

—Sí, la verdad es que estoy muy bien... —contesta el otro.

—¡Pero si hasta pareces diez años más joven! —exclama el primero—. Dime, ¿cuál es el secreto?

—No hay secreto —contesta el otro—. Lo que sucede es que hace unos años tomé una decisión que cambió mi vida...

—Hombre... ¿Y cuál fue esa decisión, si se puede saber...?

—NUNCA discuto con nadie. Por ninguna razón.

—¿Cómo que nunca discutes?

—No, jamás. Nunca discuto.

—¿Nunca?

—Nunca.

—¿Nunca, nunca? —insiste el primero.

—¡Nunca!

—Eso es imposible... —dice, alzando apenas la voz.

—Sí, tienes razón, es imposible.

* * *

El segundo me enseñó a no querer ser el que sabe entre los que no saben.

El barquero

Cruzando un río de China, inesperadamente un viajero reconoció en el barquero a Lao Tse. Al propio Lao Tse en persona.

—¿Qué haces aquí? —le preguntó intrigado—. Tus discípulos te buscan por toda China para escuchar tu palabra sabia...

—Mi palabra, sabia o no, va conmigo a donde yo voy —contestó Lao Tse—. Entre mis discípulos, lo que digo tiene más valor porque lo ha dicho Lao Tse que por lo dicho en sí mismo. Aquí, en cambio, la gente que viaja me escucha... Y cuando digo algo que le sirve a alguien, lo recuerda y lo usa como una herramienta útil. Además, cuando otro le pregunta «¿Dónde has aprendido eso?», el hombre puede contestar: «Me lo dijo un día un barquero».

* * *

El tercero me advirtió del peligro de dejarme convencer. Porque los que no soportan la libertad ajena son mayoría.

El orador insistente

Un hombre llegó a un pueblo con una banqueta. Colocándola en la plaza, se subió a ella y, altavoz en mano, empezó a hablar con determinación a la gente que pasaba. En su discurso les invitaba a disfrutar del amor, de la comunicación, a escucharse unos a otros. Casi doscientas personas lo aplaudieron cuando el disertante bajó de la improvisada tarima.

A la mañana siguiente, otra vez el disertador llegó a la plaza y, desde su banqueta, habló para los transeúntes. También esta vez más de un centenar de personas lo escuchó disertar sobre la comunicación y sobre el amor.

Cada día el hombre iba a la plaza y hablaba, cada vez más pasional y cada vez más claro y vehemente en su discurso. Sin embargo, por alguna razón, cada día menos gente se detenía a escucharlo. Hasta que, en efecto, el día decimocuarto, nadie, pero absolutamente nadie fue a escucharlo. De cualquier modo, él hizo su habitual discurso, exactamente como si miles de personas atendieran sus palabras.

Y así continuó haciéndolo. Todos los días el hombre iba a la plaza y, subido al banquito, ya sin megáfono, hablaba apasionadamente sobre la importancia del amor y de escuchar al prójimo. La plaza, sin embargo, seguía desierta.

Una mañana, uno de los comerciantes de la zona se le acercó cariñosamente y le dijo:

—Disculpe, señor. Usted ha venido aquí a la plaza durante un mes. Al principio mucha gente lo escuchaba. Cada vez
han ido viniendo menos personas, hasta que desde hace
quince días nadie viene a escucharlo. ¿Para qué sigue
hablando? Al principio yo podía entenderlo, pero ahora...
Ahora, la verdad, ya no lo entiendo.

—Lo que pasa es que al principio yo hablaba para convencer a otros —dijo con entusiasmo el disertante—. Hoy,
en cambio, hablo para estar seguro de que ellos no me han
convencido a mí.

* * *

**El cuarto sugirió que me proteja de aquellos que fallaron en
el intento de hacer fracasar a sus maestros.**

Experimento con cangrejos

En un laboratorio de experimentación, dos grandes peceras
llenas de cangrejos llaman la atención de un visitante que,
claramente, ve que una de ellas tiene una tapa de vidrio
mientras la otra permanece destapada.

En eso pasa por allí el científico. El visitante lo detiene:

—Disculpe que le moleste...

—Sí, cómo no...

—¿Podría decirme por qué está tapada la pecera de la
derecha?

El científico le contesta:

—Mire, es simple: sin la tapa los cangrejos escaparían.

Intrigado, el visitante no puede evitar la segunda pregunta:

—¿Y por qué no se escapan los cangrejos de la otra pecera?

Con paciencia de entendido, el investigador le explica:

—Los de la derecha son cangrejos de una especie muy desarrollada, y tarde o temprano descubren que subiéndose unos encima de otros pueden hacer una escalera por la cual todos puedan escapar del encierro, y así lo hacen.

—¿Y los de la otra pecera nunca lo descubren? —pregunta con ingenuidad el neófito.

—Claro que lo descubren —dice el científico—, pero estos cangrejos son muy poco evolucionados. Cuando la escalera está montada y el primer cangrejo trepa por ella, apenas llega al borde, alguno de sus compañeros lo tira para abajo para que no consiga escapar.

* * *

De estos cuatro maestros aprendí que la soledad puede ser sana y necesaria para ciertas etapas de nuestro crecimiento. Por supuesto, siempre que no signifique una huida y siempre que no sea definitiva ni permanente.

Cuanta más solidez interior se conquista, menos necesario se vuelve el aislamiento, y por eso los sabios se marchan y luego vuelven para transmitir su enseñanza, para compartir su experiencia y liberar a otros del sueño.

El sabio siempre retorna del aislamiento a la vida cotidiana; tiene necesidad de volver para relacionarse con otras almas. Por eso combate y actúa en el mundo, escribe y habla a otros para aclararse pero, sobre todo, para permanecer fiel a sí mismo. Su fuego interior amenazaría con apagarse si no se recuperase en otros hombres encendiendo así nuevos corazones.

Para conocer, agrega un poco cada día.
Para ser sabio, quita un poco cada día.

LAO TSE

> El verdadero sabio busca vaciarse. El hombre actual,
> por el contrario, busca llenar su cabeza de cosas.

Nos sobrecargamos de información, porque confiamos en el paradigma occidental «conocer para tener poder».

Posiblemente por eso estamos entrenados para evitar la sensación de vacío. Tenemos miedo al estado de quietud y de silencio. Buscamos llenar todos los espacios con palabras y con movimiento, pues no soportamos la idea de la nada.

Te propongo un ejercicio más

Encuentra al menos una hora cada día para sentarte en silencio y no hacer nada.
Para estar completamente desocupado.
Tan sólo mirando lo que pasa en tu interior.
Al principio, mirando las cosas que hay dentro de ti, te pondrás muy triste; sentirás sólo oscuridad, nada más...
Y aparecerán cosas desagradables.
Todo tipo de agujeros negros.
Sentirás angustia.
Ninguna clase de éxtasis en absoluto.

Pero, si persistes,
si perseveras,
llegará el día en que todas esas angustias desaparecerán.
Debajo de la última de las angustias,
encontrarás el éxtasis.

La sabiduría es una transformación, una trascendendia, una liberación.

Filosóficamente hablando, la sabiduría sería la comprensión de la unidad existente en toda dualidad.

Pero, en la medida en que el otro desaparece, soy uno con él.

> Basta que una sola persona no sea libre para que nadie lo sea totalmente.

Esta es la razón por la que, después de despertar, los sabios se imponen la misión de transformar el universo ayudando a otros a despertar.

La imagen que nos deja la prosa de Eckhart simboliza la manera de hacerlo.

> Cuando un maestro hace una imagen de madera o de piedra, no hace que la imagen entre en la madera, sino que va sacando las astillas que la mantenían escondida y encubierta. No le da nada a la madera, sino que le quita y expurga la cobertura, le saca el moho, y entonces resplandece lo que yacía escondido por debajo.[33]

El sabio percibe el mundo como propio, se integra formando parte viva del flujo natural. Goza de instante en instante la novedad de todo aquello que lo rodea. Ve a través de un ojo renovado que ha despertado de un largo sueño.

---

33. También Virgilio lo dice en *La Eneida*: «*Excudent alii spirantia mollius aera, uivos ducent de marmore uoltus...*» Que se traduce, más o menos, así: «Otros forjarán con más delicadeza estatuas animadas, extraerán del mármol rostros vivos...»

A diferencia del buscador y del maestro-conocedor, el sabio habla muy poco, permanece mucho tiempo callado, en silencio, rodeado de una multitud, dentro y fuera de la sociedad, mezclándose libremente entre todos, pero viviendo su propia unidad.

El sabio es capaz de desnudar la verdad porque ha vivido.

El intelectual que sólo la ha estudiado la recubre, la empapela con palabras para que sólo la entiendan los que juegan su juego.

El que ha vivido dice lo más profundo del modo más sencillo.

El que sólo ha leído dice lo más simple del modo más complejo.

El que ha vivido acude a la razón únicamente como medio para articular y expresar lo que ve.

El intelectual que sólo ha estudiado se aferra a aquello que dice conocer; pone toda su confianza en la razón e interpreta lo que ve para justificar lo que cree.

Un joven dijo a otro: «Tengo un amigo que es un hombre de mucha fe y habla con Dios cada noche. Me dijo que el fin del mundo está cerca».

Su amigo dudó de la veracidad de su aseveración.

El primero siguió: «¿Cómo va a mentir un hombre que habla con Dios?»

Para muchos, el mundo es el juego de Dios.

Para muchos, la historia es un chiste cósmico.

En muchas tradiciones metafísicas y espirituales se dice que la actividad más elevada, la que compete al Ser y a lo Absoluto, es el juego.

> No entrarás en el reino de los cielos
> hasta que te conviertas en un niño.
>
> JESÚS

Un sabio es como un niño que juega.

Juega desde que abre los ojos cada mañana hasta el anochecer. A ratos persigue a sus amigos, más tarde se esconde de todos, y disfruta de perderse y del encuentro posterior.

Al igual que los niños, el sabio no recorre el camino con la mente volcada en la llegada, sino que cada tramo es aventura: las baldosas, los zapatos de los demás, el verde de los árboles... Todo es parte del escenario del juego...

Y cuando le pedimos que deje de jugar y se ocupe de las cosas importantes del mundo, él sigue jugando, con el lápiz en la mano, frente al monitor del ordenador, dejándonos a todos pendientes de su palabra y, muchas veces, sin saber qué decir...

El sabio disfruta de su vida mientras juega. Hace cálculos, adivina las intenciones de los demás y denuncia la verdad sin tapujos.

El sabio nunca abandona el juego, nunca deja de estar metido en él porque «ahora» es su único tiempo, el juego de vivir transcurre en un eterno presente.

Los buenos jugadores son capaces de reír, aburrirse, enfadarse y hasta quejarse... Pero todo es parte de la diversión. Cada situación es nueva y cada movimiento una sorpresa. Por dramática que parezca, saben que es solamente una instancia de la cual podrán reírse al momento siguiente.

> No hay manera de descentrarse cuando uno es su propio centro.

Cuando miramos la imagen del Buda que ríe, vemos que su risa, verdaderamente, sale de su vientre. Todo él parece reír, y cada parte de su ser parece vibrar en armonía. Lo vemos sereno y atrayente como si se riera de nuestro estúpido esfuerzo por querer ser mejores que los demás.

La figura que nos muestra al Buda que ríe nos invita a pensar en una deseada combinación de inocencia y absoluta libertad respecto del pasado.

Pero nosotros cargamos todavía con nuestros rencores, gritamos aún nuestras quejas y seguimos recordando el dolor de las heridas, aunque ya no duelan.

Mientras sigamos peleando con el pasado, no podremos reírnos de él, y hasta que no podamos reír no estaremos realmente libres.

Durante los años que vivimos en la Ignorancia sólo podíamos disfrutar de lo conocido, porque únicamente en ese contacto nos sentíamos seguros. Como ignorantes, dependíamos del pasado y de todo lo conseguido en ese pasado. Luego aprendimos a decir que «no» y aprendimos a aprender.

Como buscadores estamos en camino de liberarnos de nuestro pasado ignorante, pero todavía tenemos miedo de él; está demasiado cerca, quizá temamos que vuelva.

Es difícil asumir con entereza, por ejemplo, que no tenemos ninguna obligación de tratar con quienes no nos respetan ni aceptan, ni con quienes no apoyan nuestro camino hacia nosotros mismos, sobre todo con las personas más queridas, porque tendemos a sentirnos comprometidos con todos aquellos a los que hemos estado vinculados estrechamente en el pasado.

El conocedor sabe que sus obligaciones y compromisos han desaparecido, pero lo ata estar sorprendido y orgulloso de eso.

El ignorante dice «sí» porque es incapaz de decir «no», y es lógico dado su momento evolutivo decir que sí.

El buscador dice «no» para afirmar su autonomía y liberarse del yugo de la intimidación del deber, y es lógico que se diferencie del ignorante diciendo que no.

El conocedor dice «sí» o «no» cada vez que su conocimiento le dice que esa es la verdad, y cambia cuando la verdad cambia o su honesta percepción de ella se modifica.

El sabio dice «sí»... porque sí.

No pretende ni busca demostrar nada. Su «sí» nunca excluye el «no» y podría volverse un «no» en coexistencia con su «sí».

Desarrollo semántico	Etapa	Cómo me veo	Autorreferencia	Corresponde a
El *sí* lógico	De la pertenencia	Yo soy una parte de todos	Yo no soy sin vosotros	IGNORANTE
El *no* lógico	De la identidad	Yo soy diferente a todos	Yo soy	BUSCADOR
Sí y *no*. La contradicción	De la esencia	Yo soy en mí y soy yo entre todos	Nosotros somos	MAESTRO O CONOCEDOR
Ni *sí* ni *no*. La paradoja	Del ser	Todo es en mí	Todos somos	SABIO

Cuando se trascienden las dualidades, se deja de decir «sí» a todo y «no» a todo.

Cuando ya no se está obsesionado con ningún *ismo*, cuando ya no se siente uno identificado ni con el ignorante ni con el buscador, cuando no se es ni un reaccionario ni un revolucionario y no hace falta protegerse mediante una bandera o un grupo selecto para sentirse con derecho a exponer la propia idea; en fin, cuando se es capaz de simplemente estar y de ser consciente, entonces el pensamiento se ilumina y el individuo despierta.

Llegar a ser sabio

> El sabio no pretende nada: ni ser bueno, ni ser fuerte, ni ser dócil, ni ser rebelde, ni ser contradictorio, ni ser coherente... Sólo quiere ser.

Y ese único deseo, el de querer ser, es la esencia de la fascinación que nos producen su ingenuidad y su frescura.

El hombre y la mujer sabios han aprendido que la belleza de lo verdadero no es algo que pueda conservarse, ni repetirse ni imitarse, y que lo bello consiste en la continua novedad que irradia espontáneamente todo aquello que se limita a ser lo que es.

El viejo sabio es tal no porque sea viejo, sino por haber visto muchas cosas, por haber saboreado experiencias, por haberlas vivido.

Es muy difícil —o, mejor dicho, imposible— encontrar jóvenes sabios. Conocedores tal vez; pero como sólo se puede saborear, gustar y vivir experiencias con el paso de los años, la edad es condición necesaria de la sabiduría.

> Sólo un hombre de edad avanzada
> puede llegar a ser sabio.

Un sabio puede no ser un erudito, porque la sabiduría no tiene nada que ver con la erudición. Jesús no fue un intelectual, Buda tampoco. Quizá por eso no escribieron libros. Quizá por eso no discriminaban a los que los cuestionaban.

La sabiduría siempre es cautelosa, quizá porque, por naturaleza, está emparentada con la duda y por eso nunca puede estar confinada en una teoría.

Todas las teorías, con su fachada inmutable, son siempre menos que un efímero instante de vida realmente vivido.

El sabio vive de instante en instante. Se enfrenta a aquello que le depara la vida con una conciencia fresca, no con una experiencia pasada.

Esta reflexión de Chuang-Tzu quizá nos acerque a una mayor comprensión...

La barca vacía

Tienes tu bote amarrado en el muelle y ves a tu vecino que vuelve de pescar en el río. Él se halla remando de espaldas a la costa y no ve que dirige su barco en dirección al tuyo.

Le gritas, pero no te escucha. La proa de su bote va directa a tu pequeño barco. Gritas, golpeas el muelle, aplaudes... Pero ni caso...

Finalmente, su bote choca contra el tuyo y daña considerablemente la pintura y la madera de proa.

Te enojas, lo insultas, le reclamas, quisieras pegarle...

En eso, miras tu bote amarrado a tu muelle. Notas de inmediato que la corriente ha soltado la amarra del bote de tu otro vecino y lo empuja corriente abajo en tu dirección.

Tratas de tomar un madero para evitar el choque, pero no lo consigues.

Finalmente, el daño en tu bote es el mismo que en la situación anterior, pero esta vez no insultas, no te cabreas, no quieres pegar a nadie...

Conclusión: la primera vez te enfadaste porque había

alguien en el bote. Si el bote hubiera estado vacío, te habrías ahorrado también ese enfado.

* * *

Si alguien te insulta, te enojas. Pero ¿con quién?
   Cada insulto recrea otros insultos.
   Cada vez que eres insultado tu mente recuerda a todos los que te han insultado alguna vez... Y te enojas más.
   Pero, otra vez... ¿Con quién? ¿Y para qué?
   Quédate en silencio.
   Sé consciente... Mírate sólo en el presente... Y tú verás.

Pero estamos entrenados a mirar siempre a través del pasado, a mirar a través de la experiencia, a través de la memoria. Nunca en contacto directo con la saludable novedad de la experiencia.

> El sabio consigue finalmente ser parte permanente del fluir de la naturaleza. Todos los condicionamientos y mandatos de su educación y todas las restricciones y costumbres culturales que le han sido impuestas y fijadas en su memoria han desaparecido.

El único problema que conserva en su relación con los demás —aunque quizá no sea correcto decir que lo conserva, sino más bien que lo ha producido— es el de la comunicación verbal.
   La palabra es la constante problemática de los sabios. Una barrera infranqueable entre su experiencia y el mundo.
   En su lucha por compartir su verdad, el sabio intenta hablar el idioma del ignorante. Una actitud loable, pero que

condiciona al ignorante a quedarse en el espacio limitado por la reducción de su lenguaje. Cuando, por el contrario, quiere utilizar su propio lenguaje, irremediablemente se pone en situación de no ser entendido por la mayoría.

> Por eso el sabio que es también maestro se expresa usualmente por medio del símbolo, la paradoja y la contradicción. Nos indica una tarea, nos pone en acción, nos plantea un conflicto y así actúa sobre nosotros en forma indirecta.

Lao Tse usó el idioma del sabio.

Nadie lo entendió, pero no fue asesinado (como Jesús, como Sócrates y como otros que murieron por el enojo de la mayoría, que no podía aceptar lo que decían).

Lao Tse murió de viejo porque nadie se preocupaba por él.

El sabio no proporciona conocimiento; siempre hay que tomarlo de él.

El sabio sólo está ahí, abierto. Se puede aprender de él, pero no enseñará nada.

Decía Lao Tse:

> *El que sabe no habla.*
> *El que habla no sabe.*

Diría yo:

> *El que sabe mucho no habla y el que habla*
> *mucho no sabe.*

(Dejando que cada uno ponga las comas después o antes de «mucho», según lo desee...)

En China se dice que se aprende mucho más del maestro estando con él que escuchando sus palabras. Las clases de las grandes escuelas filosóficas del lejano Oriente eran caminatas al lado del hombre sabio, en las que nadie decía una palabra, nadie hacía un comentario, nadie «aprovechaba» para hacer ninguna pregunta.

A este «caminar al lado» se le llamaba *satsan*.

Existe una historia, me la contaron hace muchos años; dicen que es verdadera y, aunque no lo haya sido, me encanta pensar en ella como un evento realmente sucedido.

Lao Tse, quizá el más grande sabio jamás nacido, supo una mañana que debía partir. Se acercaba su final y él quería morir en las montañas, en el Tibet, en soledad.

Aquella tarde, por primera vez en semanas, habló con sus discípulos y les avisó que partiría. Ellos, que lo amaban, le pidieron que se quedara, que les permitiera atenderlo hasta su último día, que no los privara de su presencia iluminadora.

Lao Tse contestó lacónicamente:

—No.

Al amanecer, cargando unas pocas cosas, empezó su larga y última peregrinación. Algunos de sus discípulos lo siguieron en silencio durante horas y horas, pero cuando vieron que el maestro decididamente los ignoraba, comprendieron que debían regresar...

Entrar o salir de China representaba, en aquel entonces, como ahora, atravesar la muralla, la Gran Muralla China. Al pasar por la puerta del Norte, el guardia de control lo reconoció y lo detuvo.

—¿Dónde vas? —le preguntó.

—Se aproxima mi hora —contestó el sabio— y he preferido dejar mi cuerpo en las montañas.

—Supongo que habrás dejado por escrito todo lo que sabes —dijo el guardia—. Además de instrucciones para todos, pues son muchos los que, como yo, hemos escuchado de ti pero nunca hemos podido aprender de ti.

—La palabra escrita —dijo el anciano— difícilmente ayude a nadie a descubrir la verdad.

El soldado se sorprendió de la respuesta y, aprovechándose del poder que le daba su posición, le informó de que no lo dejaría pasar hasta que escribiera su sabiduría en un libro.

—Sin este requisito —le aseguró— no te dejaré salir de China.

Lao Tse se resistió durante horas, pero finalmente se dio cuenta de que aquel hombre jamás cambiaría de parecer.

Cuenta la historia que, al oscurecer, en una sola noche, Lao Tse escribió el *Tao Te Ching*. El famoso *Tao*.

El *Tao Te Ching* comienza con una frase que podríamos traducir así:

> *Todo lo que puede decirse de la verdad,*
> *no es totalmente verdadero...*

Bibliografía

Anónimo hindú, *Bhagavad Gita*, Etnos, Madrid 1997.

Aristóteles, *Metafísica*, Gredos, Madrid 1982.

Barylko, Jaime, *Qué significa pensar*, Aguilar, Buenos Aires 2001.

—, *La filosofía*, Planeta, Buenos Aires 1997.

—, *Educar en valores*, Ameghino, Buenos Aires1999.

Capra, Fritjof, *El Tao de la física*, Luis Cárcamo, Madrid 1987.

Cavallé, Mónica, *La sabiduría recobrada*, Anaya, Madrid 2002.

Chuang Tzu, *Chuang Tzu*, Monte Ávila, Caracas 1991.

Dostoievski, Fedor, *Crimen y castigo*, Círculo de Lectores, Buenos Aires 1977.

Einstein, Albert, *Mi visión del mundo*, Hyspamérica, Buenos Aires 1988.

El Kybalion, Luis Cárcamo, Madrid 1978. (Estudio de la filosofía hermética).

Emerson, Ralph Waldo, *Essays & Lectures*, The Library of America, Nueva York 1983.

Ferguson, Marilyn, *La conspiración de Acuario*, Kairós, Barcelona 1980.

Foucault, Michel, *Vigilar y castigar*, Siglo XXI, Buenos Aires 1989.

FRANKL, Viktor; *El hombre en busca de sentido*, Herder, Barcelona 1985.

FREUD, Sigmund, «El malestar en la cultura», en *Obras Completas, Tomo XXI*, Amorrortu, Buenos Aires 2001.

—, «Tótem y tabú», en *Obras Completas, Tomo XIII*, Amorrortu, Buenos Aires 2000.

—, «Moisés y la religión monoteísta», en *Obras Completas, Tomo XXIII*, Amorrortu, Buenos Aires 2001.

FROMM, Erich, *El miedo a la libertad*, Paidós Ibérica, Barcelona 1998.

—, *Psicoanálisis de una sociedad contemporánea*, Fondo de Cultura Económica, Madrid 1990.

GROF, Stanislav, *Sabiduría antigua y ciencia moderna*, Cuatro Vientos, Santiago de Chile 1991.

HESSE, Hermann, *Demian*, Alianza, Madrid 1998.

HOMERO, *Odisea*, Atlántida, Buenos Aires 1993.

HUXLEY, Aldous, *La filosofía perenne*, Edhasa, Barcelona 2000.

KIERKEGAARD, Sören, *Mi punto de vista*, Aguilar, Madrid 1988.

KRISHNAMURTI, Jiddu, *Diarios*, Kairós, Barcelona 1999.

—, *La libertad primera y última*, Kairós, Barcelona 1998.

LAO TSE; *Tao Te Ching*, RBA Libros, Barcelona 2002.

MARCO AURELIO, *Meditaciones*, Alianza, Madrid 1999.

MARISCAL, Enrique, *El arte de navegar por la vida*, Serendipidad, Buenos Aires 1994.

NIETZSCHE, Friedrich, *Así habló Zaratustra*, Alianza, Madrid 1997.

—, *Más allá del bien y del mal*, Orbis, Madrid 1983.

ORWELL, George, *Rebelión en la granja*, Destino, Barcelona 2000.

OSHO, *Los tres tesoros del Tao*, Kier, Buenos Aires 1985.

—, *El libro de la sabiduría*, Gaia, Madrid 2002.

—, *Vida, amor y risa*, Gaia, Madrid 2002.

PLATÓN, *Obras Completas*, Aguilar, Madrid 1982.

SHAKESPEARE, William; *Macbeth*, Losada Buenos Aires 1995.

SKINNER, B.F., *Walden Dos*, Martínez Roca, Barcelona 1984.

THOREAU, Henry D., *Walden*, Parsifal Ediciones, Barcelona 1989.

Upanishads, Siruela, Madrid 1995. (Anónimo hindú).

WATTS, Alan, *Mito y ritual en el cristianismo*, Kairós, Barcelona 1997.

—, y otros, *Mitos, sueños y religión*, Kairós, Barcelona 2000.

WEIL, Simone, «La persona y lo sagrado», en *Confines 2*, La Marca, Buenos Aires 1995.

ÍNDICE DE CUENTOS